Speranza

AF235464

Paolo Botti, ist das Pseudonym von Sven Bottling. 1977 in Deutschland geboren und aufgewachsen, lebte er in seiner Jugend auch wenige Wochen im Schweizer Kanton Graubünden. Paolo Botti hat Familie in Deutschland, der Schweiz und in Amerika. Er ist verheiratet und hat eine Tochter. In den vergangenen Jahren hatte er bereits bei mehreren Buchprojekten mitgewirkt. „Speranza" ist nach „Vinceremo" und „Io ci credo" bereits sein dritter Roman.

Was verbindet die Organisation und die Mafia? Und warum ist Mohamad Ibn Al Hamadi in der Residence Villa Rosa? Was macht eine Gruppe Männer aus St. Pauli in der Villa Rosa die nachts zu Dragqueens mutieren?

Mittendrin mal wieder Commissario Stefano Botatzi, Sergente Tomaso di Gallo und Luigi Schifferle. Und dann ist da noch Birgit Schnippel-Limbach, die ebenfalls am Lago ist. Mit ihr noch Manfred Schwäbele, sowie Frieda Butzkamp und Margot Mallmann, nebst ihrem Herr Schmitz. Sie alle haben eines gemeinsam, sie sind ein Teil von Speranza.

Paolo Botti

Speranza

Und noch ein weiterer bisschen von allem „Roman"

Bibliografische Information der Deutschen Nationalbibliothek:

Die Deutsche Nationalbibliothek verzeichnet diese
Publikation in der Deutschen Nationalbibliografie;
detaillierte bibliografische Daten sind im Internet über
http://dnb.d-nb.de abrufbar.

1.Auflage

© 2023,

Umschlaggestaltung: Home of Paolo Botti
Umschlagmotiv: Sven Bottling

Herstellung und Verlag:
BoD – Books on Demand, Norderstedt

ISBN: 978-3-7519-8158-3

per Paolo Bertamè
Grazie di cuore amico

Leben besteht aus den Tagen und Menschen, an die wir uns für immer erinnern.

-*Dalai Lama-*

Capitolo uno: Noch einmal Io ci credo

Waldemar Meier schaute verstohlen um die Ecke an seinem Apartment. Es war bereits dunkel. Das Kyosk One hatte seit etwa zehn Minuten geschlossen. Aus den umliegenden Apartments waren vereinzelt noch Stimmen zu vernehmen. Ein Hund bellte und ein Kind weinte. Waldemar Meier schaute sich um. Er stand im Schatten des Durchganges und blickte zum Pool.

„Was macht dieser Paolo denn noch da unten? Geht der denn nicht mal schlafen?", zischte er und beobachtete weiter den Pool.

Paolo Bertamè machte seinen allabendlichen Kontrollgang durch die Residence Villa Rosa. Dabei überprüfte er wie jeden Abend ein letztes Mal, ob die beiden Tore verschlossen und die Kameras eingeschaltet waren. Danach führte ihn sein Gang unter den Pool. Hier waren neben allerlei Gerümpel auch zwei Waschmaschinen, die Pooltechnik und Utensilien seiner Stammgäste, die er einfach bis zum nächsten Urlaub hier einlagerte. Auf beiden Seiten wurde der Durchgang unter dem Pool durch zwei Metalltore versperrt. Er öffnete das vor ihm liegende und ging zu den großen Fässern. Dort stand das Pulver, welches er allabendlich in den Pool gab. Er nahm den Messbecher, der danebenstand und füllte ihn. Dann verschwand er mit einem leisen Summen.

„Ah che bello… Ah che bello Lago di Garda…"

Kurz darauf hörte man nur noch das leise Rascheln der Substanz, die langsam aus dem Messbecher in den Pool glitt. Dann war es ruhig. Paolo war schnellen Schrittes in seiner Wohnung verschwunden. Den Messbecher hatte er auf der Mauer an der Pooldusche deponiert. Er würde ihn morgen früh wieder an seinen Platz bringen.

Waldemar Meier stand noch immer im Schatten des Durchganges. Er hatte das ganze Treiben von Paolo beobachtet. Nun machte er kurz kehrt und ging zu seinem Apartment. In Bodennähe an der Türe lehnte ein brauner unscheinbarer Umschlag. Er nahm ihn auf. Er war etwas größer als eine Zeitschrift. Der Umschlag war auch nicht sonderlich dick. Mit einem Filzstift war der Name Winnie Mühlhaupt vermerkt. Waldemar Meier ging langsam die Treppe hinunter. Am unteren Ende blieb er wieder im Schatten des Durchganges stehen. Er blickte sich vorsichtig um.

Stille. Niemand war zu sehen. Das Bellen des Hundes und auch das Weinen eines Kindes war verstummt. Viele Apartments waren bereits dunkel. Nur noch aus wenigen war Licht zu vernehmen.

Waldemar Meier löste sich aus dem Schatten und schlich an der Wand entlang. Er ging um das Gebäude, ohne dabei in das Licht zu treten. An den Stufen zu den unteren Apartments blieb er stehen und blickte sich erneut um. Ihm war als hätte er im hinteren Teil einen Schatten ausgemacht. Er verharrte und versuchte etwas zu erkennen.

Hatte er sich vielleicht nur geirrt? Oder sah er schon Dinge, die gar nicht da waren?

Waldemar Meier stand noch eine Weile an der Stelle. Immer wieder blickte er sich um. Dann ging er langsam die Stufen hinunter und verschwand kurz darauf zwischen dem Pool und den Apartments.

Er hatte sich nicht geirrt. Im Dunkel der Nacht am anderen Ende der Anlage standen seit geraumer Zeit fünf Männer. Sie hatten Waldemar Meier schon eine ganze Weile beobachtet. Auch Paolo war ihnen dabei mehrfach über den Weg gelaufen. Er war ihnen dabei gefährlich nahegekommen, ohne es bemerkt zu haben. Für Augenblicke waren die Männer dabei weniger als zehn Meter voneinander entfernt gewesen.

Die Gestalten verließen ihren Platz. Dabei trennten sie sich. Zwei von ihnen verschwanden im Dunkel, während die anderen drei langsam über dem Parkplatz gingen.

Wenige Augenblicke später waren sie an der gleichen Stelle, an der Minuten zuvor bereits Waldemar Meier stand.

Alles war ruhig. Mittlerweile waren alle Apartments dunkel. Auch von den Balkonen war nichts mehr zu sehen. Ab und an war sogar ein Schnarchen zu hören. Die drei Männer blickten sich um, konnten aber nichts Auffälliges sehen. Der ältere der Männer gab den beiden anderen ein Zeichen. Dann war er auch schon verschwunden. In die gleiche Richtung, in die auch Waldemar Meier verschwunden war.

Dieser hatte den Bereich unter dem Pool erreicht und blickte sich um. Geradeaus konnte er das Rauschen der Filteranlage ausmachen. Direkt neben ihm standen zwei Waschmaschinen. Dahinter war eine Gittertüre. Er konnte Kartons und Kisten ausmachen. Trotz der Dunkelheit kam ein schwacher Lichtstrahl durch die Scheiben in der Seite, sowie aus der Decke. Er erleuchteten den Bereich schwach, aber es reichte, um etwas zu erkennen. Er entschied sich für den Weg nach links und öffnete die Gittertüre. Sie quietschte leise. Waldemar Meier ging hindurch. Er nahm seinen Umschlag und legte ihn zwischen die ersten Kisten auf dem Tisch. Er schob ihn hindurch, bis er nicht mehr zu sehen war. Einen kurzen Augenblick schaute er wehmütig auf die Kisten und den Spalt, in den er Sekunden vorher noch seinen Umschlag schob.
Dann drehte er ab und ging wieder Richtung Ausgang.

Die drei Gestalten waren nun ebenfalls in kurzen Abständen, die wenigen Stufen hinabgegangen und näherten sich jetzt langsam dem Durchgang. Dabei drückten sie sich an der Wand des Pools entlang und krochen an jedem Fenster drunter her, um nicht gesehen zu werden. Kurz vor dem Eingang blieben sie stehen und verharrten still. Der ältere Mann gab ein

Zeichen und ging allein ein paar Schritte weiter. Die beiden anderen warteten.

Waldemar Meier hatte den Eingang erreicht und ging hindurch. Als er um die Ecke ging stand er vor…
Hans schaute ihn an. Seine Augen waren kalt und nichtssagend. Waldemar Meier wollte etwas sagen. Hans packte ihn und sogleich standen die beiden anderen bei ihm. Mehmet drückte ihm die Hand auf den Mund, während Vladimir ihm einen Faustschlag in die Magengrube gab. Waldemar Meier sackte unter einem dumpfen Wimmern zusammen. Zu dritt packten sie ihn und schleiften ihn den Gang entlang zurück. Am Pool angekommen, versuchte sich Waldemar Meier zu lösen. Er zerrte und zuckte. Dabei trat er wild um sich und traf Mehmet zuerst am Oberschenkel und dann in der Leistengegend. Dieser ließ ab von ihm und sackte zusammen. Vladimir zückte sein Messer. Hans drückte seine Hand jetzt auf den Mund von Waldemar Meier. Vladimir nahm sein Messer und durchtrennte ohne weiteres die Kehle von Waldemar.
Sogleich sackte dieser zusammen. Ein Röcheln war zu hören. Hans stieß ihn in den Pool. Das Eintauchen war kaum zu hören. Waldemar Meier blieb direkt bäuchlings liegen. Blut strömte unaufhörlich aus der Wunde am Hals. Ein paar Luftblasen stiegen noch auf. Dann war es wieder ruhig. Keine Luftblasen mehr, kein Zucken. Der Pool beruhigte sich sogleich wieder.

Waldemar Meier trieb langsam durch den Pool. Mit ihm eine Blutspur.

Hans und Vladimir halfen dem wimmernden Mehmet auf die Beine und verließen lautlos den Pool. Sekunden später waren sie nicht mehr zu sehen. Nur noch das leise Rauschen den Pools und vereinzelte Autos waren zu hören.

Capitolo due: Gefängnis Verona

3 Monate später.

Das Prison of Verona Montorio in der Via San Michele wurde an diesem Morgen von den ersten Sonnenstrahlen des Tages geweckt.

Es war noch ruhig. In wenigen Minuten war Schichtwechsel. Dann würde wieder die Tagschicht für die nächsten zwölf Stunden die Kontrolle über die inhaftierten Sträflinge haben.

In dem Gefängnis saßen nicht die ganz großen Fische Italiens. Die meisten, die hier einsaßen waren kleine Gauner und Betrüger. Auch der ein oder andere Steuersünder saß hier ein. Bis jetzt!

Inmitten der kleinen Gauner und Betrüger saßen Hans Vogtländer, Mehmet Gügüli und Vladimir Persow in drei Einzelzellen. Sie waren alle im gleichen Trakt untergebracht. Hier saßen sie seit gut 6 Wochen in Untersuchungshaft ein. Die zuständigen Richterin Signora Francesca Mondi hatte bisher alle Gesuche der Verteidiger abgelehnt die drei gegen Kaution herauszulassen oder an die jeweiligen Behörden in Deutschland, Russland und der Türkei zu überstellen. In einem Punkt lehnte sie wegen Flucht- und Verdunkelungsgefahr ab. Was die Überführung an die Behörden in den jeweiligen Heimatländern betraf, stand sie zwar in engem Austausch mit den Behörden und Kollegen, jedoch gab es hier noch einige Dinge, die im Vorfeld geklärt werden mussten. Auch hatte das Justizministerium in Rom bisher noch kein okay dafür gegeben.

Das Gefängnis war vom Standard her gar nicht zu vergleichen mit einem in Deutschland. Die Zellen waren spärlich eingerichtet und meist überbelegt. Fernsehen gab es nur in einem Gemeinschaftsraum und Internet war tabu. Das galt auch für die drei Insassen Hans, Mehmet und Vladimir. Den einzigen Vorteil, den sie momentan noch genossen, war der, dass alle aufgrund des Verfahrens und der Schwere eine Einzelzelle hatten.

Etwa dreißig Minuten später hatte die Nachtschicht alles übergeben. Bis auf Matteo Renzi waren die

12

übrigen Kollegen der Schicht bereits weg. Matteo saß noch gemeinsam mit Guiseppe Tappi am Tisch in der Ecke der Kantine und trank einen Caffè. Guiseppe Tappi war einer der Köche in der hiesigen Gefängnisküche und hatte Frühdienst.

Beide Männer kannten sich schon eine halbe Ewigkeit. Guiseppe und Matteo waren bereits mehr als dreißig Jahre hier im Gefängnis.

Die Tagschicht hatte derweil alles übernommen.

Ricarda Lorano und Michele Andaro waren gerade damit beschäftigt, die Eintragungen der Vorfälle aus der letzten Nacht zu sichten. Alles war ruhig gewesen. Keine Auffälligkeiten oder Zwischenfälle waren notiert worden.

„So ist es perfetto. Eine ruhige Nacht bedeutet wenig Stress für die Tagschicht!", sagte Ricarda triumphierend.

Michele nickte nur anerkennend.

Dann machten sich beide auf, ihre erste Runde durch die einzelnen Trakte des Gefängnisses zu beginnen. Diese erste Tour dauerte meist etwa eine Dreiviertelstunde. Gang für Gang gingen sie ab. Dabei schauten sie immer gleichzeitig in jeweils eine Zelle. Ricarda und Michele begannen immer gleich. Erst die Zellen mit den Untersuchungshäftlingen, dann die anderen Zellen und zum Schluss einen Abstecher in den Krankenflügel, bevor sie dann noch in der Kantine zu einem Caffè vorbeischauten.

Diesmal sollte der gewohnte Ablauf jedoch jäh gestört werden. Bereits an der dritten Zelle war Schluss mit der Routine.

Ricarda öffnete den schmalen Schlitz, um ins Innere der Zelle zu schauen. Im ersten Moment war nichts Auffälliges zu sehen. Sie wollte schon wieder schließen, da stockte sie. Noch einmal schaute sie hinein.

„Michele, pronto! Qualcosa non va!", sagte Ricarda und versuchte, zitternd die Tür der Zelle zu öffnen.

Michele kam dazu und half Ricarda mit dem Schloss. Sie öffneten die schwere Eisentür. Ein schrilles Quietschen mit einem lauten Knarzen ertönte.

Direkt vor Ihnen war Blut. Nicht sonderlich viel. Es waren Tropfen, die sich auf dem Boden verteilten. Ihr Blick folgte der Blutspur und nur wenige Zentimeter weiter hing Hans Vogtländer. Hängen war etwas übertrieben. Um seinen Hals war eine Schlinge. Diese war festgezurrt und an der Heizung befestigt. Hans hing an ihr. Sein Körper, oder besser gesagt Teile davon hingen schlaff hinunter. Die Arme waren auf dem Rücken verschränkt. Das Blut, was auf dem Boden war, kam dabei nicht von der Strangulation. Diese war zwar fest um den Hals, hatte aber so wie es ausschaute nur tiefe Einschnitte in den Hals verursacht. Sie waren bereits rot-blau unterlaufen. Das Blut musste von den anderen Verletzungen stammen.

Der Mund war mit einem Faden zugenäht. Die Augenhöhlen waren leer. Blut war die Wangen und

14

das Kinn hinuntergelaufen. Bei näherem Hinsehen waren die Arme nicht nur verschränkt hinter dem Rücken, sondern ebenfalls verzurrt.

Ricardo und Michele starrten auf den leblosen Körper. Fast zeitgleich fingen sie an zu würgen. Ricarda hielt sich die Hände vor den Mund. Sie lief zum kleinen Waschbecken. Ricarda stützte sich auf dem Rand ab und blickte in zwei blutige leblose Augen. Sie verlor das Gleichgewicht und kippte nach hinten. Dumpf schlug sie auf dem Zellenboden auf.

Michele kam ihr zu Hilfe. Auch er blickte nun in das Becken. Er würgte, konnte sich aber gerade noch fangen. Er blickte kurz zu Ricarda und stürmte auf den Gang. Dort schlug er die kleine Scheibe ein und drückte den Notknopf. Sogleich heulte eine Sirene auf. Überall im Gefängnis blinkten jetzt rote Lampen auf. Alle Türen und Fenster wurden dabei notverriegelt.

Sekunden später standen mehrere Kollegen vor- und in der Zelle. Einige von Ihnen mussten sich wieder abwenden und verließen fluchtartig den Bereich. Sie liefen nach draußen und mussten sich übergeben. Michele war wieder zu Ricarda gegangen und richtete sie langsam auf. Sie kam langsam wieder zu sich. Ein weiterer Kollege reichte ihr eine Flasche Wasser und ein feuchtes Tuch.

Ricarda nahm einen Schluck. Dann blickte sie langsam zu Hans Vogtländer. Noch immer hing er leblos an der Stelle.

„Kein Traum!", sagte sie nur und übergab sich.

Wenig später trafen mehrere Fahrzeuge der Polizia und der Carabinieri ein. Der Trakt wurde geräumt. Die Insassen aus den anderen Zellen wurden vorsorglich in andere Zellen verlegt.

Dottore Hugo Biassini war ebenfalls schon vor Ort und hatte damit begonnen, den leblosen Körper zu untersuchen. In der Türe stand Commissario Ugo Franchini. Er blickte auf den Tatort. Hinter ihm stand sein Assistent Sergente Daniele Sicci. Auch er schaute interessiert in die Zelle.

„Nun Dottore. Können Sie schon etwas sagen?", fragte der Commissario.

„Er ist tot!", erwiderte der Dottore trocken, ohne aufzublicken.

Noch bevor der Commissario etwas darauf sagen konnte, fuhr der Dottore fort.

„Er dürfte etwa 8-10 Stunden tot sein. Zu hohen Blutverlust als Todesursache würde ich auf den ersten Blick ausschließen. Die Strangulation, sowie die Verletzungen und möglicherweise ein Schock, könnte die Todesursache sein. Genaueres kann ich aber erst nach den eingehenden Untersuchungen sagen. Vielleicht hat er auch andere Verletzungen, die momentan nicht sichtbar sind, oder es war noch Gift im Spiel."

Der Commissario nickte nur, während der Sergente fleißig mitschrieb.

„Das Vorgehen jedenfalls schaut sehr nach Mafia aus. Stranguliert, mit zusammengebunden Armen auf dem Rücken. Dazu der zugenähte Mund und die herausgerissenen Augen aus den Augenhöhlen. Wenn da nicht die Mafia ihre Finger im Spiel hat. Aber… das ist ja ihre Aufgabe herauszufinden, Commissario!", sagte der Dottore und erhob sich.

Er gab den Kollegen ein Zeichen und sogleich standen zwei Herren mit einem Zinnsarg in der Türe.

„Also von meiner Seite gibt es hier erstmal nichts mehr zu tun. Alles weitere dann zu gegebener Zeit nach den Untersuchungen bei mir in der Pathologie.", erwiderte Dottore Biassini.

Er ging auf die Türe zu, wo noch immer der Commissario und sein Sergente standen. Zu den beiden Herren mit dem Zinnsarg gerichtet sagte er noch, „Sie können dann einsammeln, sobald die Spurensicherung grünes Licht zum Abtransport gibt. Alles dann so schnell wie möglich zu mir in die Pathologie."

Damit verabschiedete sich der Dottore und schob sich an den anderen vorbei.

Etwas abseits stand der Gefängnisdirektor mit dem Schichtleiter der Tagschicht.

„Er war kurz davor nach München ausgeliefert zu werden. Die Verhandlungen dazu waren bereits fortgeschritten. Die Richterin hätte dem sicherlich in den kommenden Tagen nachgegeben. Rom hatte ebenfalls schon signalisiert, dass man dem zustimmen würde, wenn die letzten Unklarheiten geklärt gewesen wären.", sagte der Gefängnisdirektor leise.

Etwa eine Stunde später waren auch die Arbeiten der Spurensicherung fürs Erste einmal abgeschlossen. In einem Zinnsarg verließ Hans Vogtländer nun das Gefängnis Prison of Verona Montorio in der Via San Michele. Sicherlich völlig anders als gedacht. Der Trakt wurde abgesperrt und versiegelt. Weitere Untersuchungen in den nächsten Tagen waren aber bereits geplant.

Capitolo tre: Oer-Erkenschwick

Etwa 900 Kilometer nördlich in der beschaulichen Kleinstadt Oer-Erkenschwick in Nordrhein-Westfalen. Hier am nördlichen Rand des Ruhrgebietes lebte Frieda Butzkamp zusammen mit ihrer Tochter und dem Schwiegersohn in einem kleinen Reihenhaus.
Sie saß gemeinsam mit ihrer Tochter Zita Schwäbele, geborene Butzkamp auf der kleinen Terrasse bei einem Aperol Spritz.

Die Schwäbeles waren kinderlos, was Frieda Butz-kamp des Öfteren monierte. Sie hätte sich über Enkel-kinder sehr gefreut. Leider stand sie damit allein.

Deshalb hatte sie sich bereits vor einigen Jahren einen chinesischen Faltenhund zugelegt. Rosi, die Hunde-dame, war von Anfang an auf Kriegsfuß mit Manfred Schwäbele. Sie ließ keine Möglichkeit aus, ihm zu zeigen, dass sie ihn nicht mochte. Frieda und Zita hingegen mochte sie und zeigte das auch täglich. Die beiden Frauen wiederum konnten gar nicht verstehen, dass Manfred den Faltenhund nicht ausstehen konnte.

„Wann kommt Manfred denn nun? Er müsste doch schon längst hier sein.", fragte Frieda und zog an ihrem Strohhalm.

„Er hat noch einen Termin Mutti. Er wollte aber zum Abendessen da sein.", erwiderte Zita.

Wenn die beiden Frauen jetzt sehen könnten, was das für ein Termin war bei dem Manfred Schwäbele zugegen war, würden sie sicherlich nicht so entspannt sein.

Dieser lag gerade auf dem Bett des Holiday Inn Ex-press in Recklinghausen. Sein Termin war gerade dabei zum Abschluss zu kommen. Unter der Decke war allerhand los. Manfred hatte dem nichts entgegenzusetzen. Er war voll und ganz einverstan-den.

Minuten später lagen beide nebeneinander.

„Ich muss nach Hause. Der Drachen und meine Frau warten bereits auf mich."

Wann willst du ihr endlich sagen, dass du keine Lust mehr auf diese Reihenhaus Idylle hast?", fragte die Frau neben ihm.

Er blickte sie an und zuckte nur mit den Schultern.

„Mensch Manfred! Immer das gleiche. Du hast doch gar keine Lust mehr auf das ganze Heile-Welt-Leben mit deiner Alten und diesem Drachen."

Die Frau wendete sich ab und stand auf. Sie nahm ihre Zigaretten und ging splitterfasernackt zum Fenster. Sie öffnete es und zündete sich eine Zigarette an.

„Ich mache Schluss! Gleich heute Abend! Wirklich Gisi! Und dann brauchen wir das alles hier nicht mehr.", sagte Manfred Schwäbele.

„Das hast du schon so oft gesagt! Ich warte schon so lange darauf.", erwiderte sie.

Gisi hieß eigentlich Gisela Meyer-Humbach. Sie war zwei Jahre älter als Manfred Schwäbele und seit knapp fünf Jahren Witwe. Ihr damaliger Mann starb bei einem Akt der Liebe an einem Herzinfarkt. Seit gut zwei Jahren hatten die beiden ein Verhältnis. Seit dieser Zeit hatte Manfred auch vermehrt Termine.

„Diesmal mach ich es wirklich. Schon morgen können wir das hier hinter uns lassen und endlich offiziell…"

Gisi verdrehte die Augen. Das tat sie schon seit knapp einem Jahr. Immer wieder hatte Manfred Schwäbele versprochen einen Schlussstrich zu ziehen und seine

Frau, seine Schwiegermutter und diesen hässlichen Faltenhund zu verlassen.

Sie beendeten dieses leidige Thema und trennten sich kurz darauf. Gisi fuhr nach Castrop-Rauxel und Manfred, der machte sich auf den Weg zu seiner Reihenhaus Idylle nach Oer-Erkenschwick.

Wenig später stellte er seinen Wagen im Kiesenfeldweg 13 ab. Er ging am Haus vorbei direkt nach hinten auf die Terrasse. Dort saßen noch immer Zita und seine Schwiegermutter und hatten bereits den dritten Aperol Spritz vor sich.

„Hallo Mani Bärchen. Da bist du ja endlich. War es anstrengend heute? Du schaust müde aus.", begrüßte ihn Zita.

„Ja, es war mal wieder anstrengend. Aber ich war erfolgreich.", log Manfred und setzte sich erst einmal.

Frieda Butzkamp schaute ihn an.

„Mein armer Manfred. Du arbeitest immer so hart. Zita und ich sind so stolz auf dich."

Manfred schaute sie an und lächelte gequält.

„Das mache ich doch gerne, liebe Schwiemu.", log er und blickte zu seiner Frau.

„Das weiß ich doch mein lieber Schwieso. Deshalb habe ich eine ganz große Überraschung für dich."

Frieda Butzkamp schaute abwechselnd aufgeregt zu ihrer Tochter und dann zu Manfred.

Dieser schaute jetzt fragend seine Frau an. Zita zuckte nur mit den Schultern.

„Weil du immer alles für uns gibst und auch so hart arbeitest jeden Tag, dachte ich mir ich gebe dir auch mal was zurück."

Manfred blickte sie jetzt aufgeregt an. Er hatte keine Ahnung, was die alte Dame wollte.

„Also ich dachte mir… Weil du doch so gerne dort bist…"

Zita blickte sie fragend an. Manfred rutschte aufgeregt auf seinem Stuhl hin und her.

„Naja, ich habe mir gedacht… Du und ich…"

„Nun sag schon Schwiemu und mach es nicht so spannend!", hetzte Manfred jetzt.

„Wir fahren zusammen an den Gardasee! Du und ich! Nur wir zwei!", sagte sie jetzt ganz euphorisch.

Zita machte große Augen und auch Manfred blickte jetzt ganz erstaunt erst zu Zita und dann zu Frieda.

„Freust du dich Junge?", wollte sie nun wissen.

Manfred war noch immer sprachlos.

„Junge, jetzt sag schon!", bohrte Frieda Butzkamp nach.

Das Kartenhaus von Manfred fiel gerade zusammen. All das, was er zuvor zu Gisi sagte, war mit einem Mal wieder in weiter Ferne.

„Manfred! Freust du dich?"

Er nickte nur.

Damit aber nicht genug. Frieda war noch nicht fertig mit ihrer Überraschung.

„Ich habe uns eine super Unterkunft rausgesucht und gebucht. In zwei Tagen geht es los."

„Ja, aber… Das geht nicht Schwiemu. Ich muss arbeiten. Ich habe doch keinen Urlaub.", wiegelte Manfred ab.

„Das habe ich alles geklärt. Dein Chef war sehr kooperativ. Dein Urlaub ist bereits genehmigt.", sagte Frieda triumphierend.

Manfred war sprachlos. Er schaute starr ins Leere. Zita hatte sich wieder gefangen und freute sich jetzt für ihn und ihre Mutter.

„Das ist doch super. Ich freue mich so für euch und ganz besonders für dich Mutti. Das wird sicherlich ganz toll. Du und Manfred am Gardasee. Er kann dir so viel zeigen dort. Du wirst es lieben.", sprudelte es jetzt nur so aus ihr heraus.

Frieda grinste über beide Ohren, während Manfred noch immer sprachlos auf seinem Stuhl saß.

„Wo hast du denn gebucht? Limone? Oder vielleicht Malcesine?", fragte Zita jetzt.

„Garda. Residence Villa Rosa!", antwortete Frieda Butzkamp.

Manfred verzog sogleich merklich das Gesicht. Zita grinste.

„Was? Stimmt was nicht?", wollte Frieda wissen, nachdem sie das Gesicht von Manfred erblickte.

„Alles Prima Mutti. Er freut sich riesig! Genau dorthin wollte er schon immer einmal. Hat er erst beim letzten Aufenthalt noch gesagt, als wir einen Tagesausflug nach Garda machten.", sagte Zita und grinste ihren Manfred schelmisch an.

Capitolo quattro: Tignale

Das Restaurant „*Zum Schwäbischen Italiener*" war nach wie vor eine Goldgrube. Luigi Schifferle hatte alles richtig gemacht. Seit er vor etwas mehr als einem Jahr die Zelte in Deutschland abgebrochen hatte und hier das Restaurant übernommen hatte, war es fast immer ausgebucht.

Dafür verzichtete Luigi auch auf jede Menge Freizeit und private Aktivitäten. Meist kam er nicht mal aus Tignale raus. Nur selten war er direkt am See. Und wenn, dann zum Einkaufen oder weil er irgendwo einen geschäftlichen Termin hatte. Freizeit gab es nur dann, wenn keine Saison war.

Tignale war oberhalb auf einem Plateau und nicht so überlaufen, wie die Orte direkt am See. Aber trotzdem hatte es seine Touristen und wie alle Orte am Gardasee seinen ganz eigenen Charme. Das schätzten und liebten die Gäste an dem Ort. Die Ruhe, die Abgeschiedenheit und trotzdem einen grandiosen Blick auf den See und das Monte Baldo Massiv.

Seit wenigen Wochen keimte in Luigi Schifferle allerdings eine Idee, die von Tag zu Tag stärker wurde. Der Wunsch ein weiteres Restaurant zu eröffnen. Nicht in Tignale oder Tremosine.

Nein, Luigi wollte nach unten. Direkt in das wilde, aufregende Leben am See. Er wollte eine weitere, andere Klientel erreichen.

In den vergangenen Tagen hatte er sich bereits mehrere mögliche Locations angeschaut, die seit geraumer Zeit leer standen. Die Immobilien in Riva, Limone und Gargnano gefielen ihm schon recht gut. Aber er spürte noch nicht diesen Wow-Effekt, dieses Kribbeln bei den Besichtigungen. Das hoffte er morgen zu spüren. Luigi wollte nach Malcesine rüber. Hier hatte er einen Besichtigungstermin für eine kleine Trattoria im alten Teil ganz in der Nähe der Scaliger.

Luigi wollte auch in dem zweiten Restaurant seinem Motto treu bleiben. Italienische Küche mit schwäbischem Touch, oder auch Schwäbische Küche mit italienischem Touch. Ganz egal wie man es drehen oder wenden würde, das Endergebnis würde unter dem Strich immer das richtige sein.

Aber bis morgen war ja noch ein wenig Zeit. Also machte er sich gerade mal wieder auf zu seiner Goldgrube. Er schlenderte langsam die Straße entlang.

Vorbei an den kleinen Vorgärten, den Ferienwohnungen und dem ein oder anderen Touristen.

Er hatte sich die nächsten paar Tage freigenommen, um eben die verschiedenen Räumlichkeiten zu besichtigen. Die Saison hier oben in Tignale neigte sich sowieso früher als am See dem Ende zu. Es war hier jetzt schon bedeutend kühler als beispielsweise in Limone oder Malcesine.

Sicher Luigi hätte die ein bis zwei Wochen noch warten können, um sich intensiv um sein zweites Restaurant zu kümmern. Aber er gönnte sich diese kleine Auszeit jetzt einfach mal. Es war ja auch mehr Arbeit als Vergnügen.

Im Restaurant angekommen, waren gerade nur sehr wenige Tische belegt. Luigi ging gleich durch in die Küche. Dort stand, Rafaele am Herd und wirbelte gerade mit einer Portion Nudeln herum.

„Ciao Rafaele. Come stai?"

„Salve Luigi. Va bene."

Beide begrüßten sich noch mit Handschlag.

„Hast du nicht Urlaub?", fragte Rafaele grinsend.

„Frei Rafaele. Nur frei.", konterte Luigi.

Der Koch grinste noch immer und schüttelte den Kopf.

„Ich dachte das sei das gleiche. Aber jeder hat da ja eine andere Empfindung und Wahrnehmung."

„Si, du sagst es!", hatte Luigi das letzte Wort.

Er klopfte Rafaele auf die Schulter und verließ die Küche wieder. Luigi ging zum Tresen, nahm ein Weinglas und eine offene Flasche Lemberger. Damit ging er nach draußen und setzte sich an einen der freien Tische im hinteren Bereich.

„Ich hoffe doch sehr, dass die Räumlichkeiten in Malcesine so sind, wie es in der Beschreibung stand. Dann könnte ich, wenn alles passt, zum kommenden Jahr vielleicht schon eröffnen.", sinnierte Luigi.

Er nahm die Flasche und goss sich großzügig ein. Luigi nahm auch gleich einen kräftigen Schluck, verzog aber das Gesicht.

Er nahm die Flasche und schaute auf das Etikett.

„Lemberger! Komischer Abgang! Schmeckt ein wenig nach… Kork!"

Die Flasche hatte allerdings einen Schraubverschluss. Woher also dann der Korkgeschmack? Luigi drehte die Flasche und las das Etikett auf der Rückseite.

„Eigenartig. Aber dieser wird im kommenden Jahr nicht mehr auf der Karte stehen."

Luigi nahm die Flasche und brachte sie nach drinnen. Kurz darauf kam er mit einer Flasche Valpolicella zurück. Er schenkte sich ein und nahm auch davon einen Schluck.

„Schon viel besser. Also Luigi… auf mich… Und dass die Besichtigung morgen erfolgreich wird!"

Luigi prostete sich selbst zu und nahm nochmals einen kräftigen Schluck.

Capitolo cinque: Residence Villa Rosa, Garda

Auch in der Residence Villa Rosa um Familie Bertamè kam das Saisonende mit großen Schritten näher.

In wenigen Wochen war Schluss. Doch vorher war noch einmal „voll von voller". Die Residence war ausgebucht. Das lag zum einen am nahenden Weinfest in Bardolino, dem Festa dell'Uva e del Vino, was jährlich Ende September / Anfang Oktober stattfand und tausende Touristen anzog. Aber natürlich auch an dem immer noch sehr milden Klima, was gerade zum Ende der Saison nochmal viele Paare anzog, die nicht auf die Ferienzeiten angewiesen waren.

Paolo hatte bis vor wenigen Minuten die Kühlschränke im Kyosk One aufgefüllt. Drei Mal hatte er im Hauptgebäude Nachschub holen müssen. Der gestrige Abend war ein feucht fröhlicher gewesen. Ein Großteil seiner Gäste würde am morgigen Tag abreisen. Zudem war auch noch Nachtschwimmen gewesen. Das letzte der Saison!

Und da es das letzte bis zur nächsten Sommersaison war, war dieses natürlich besonders feucht fröhlich gewesen. Zu Lande, wie auch im Wasser. Die letzten hatten erst in den frühen Morgenstunden den Weg zurück ins Apartment gefunden.

Paolo stand am Rand des Pools. Er hatte nun den langen Schlauch mit dem Sauger in der Hand und bewegte sich dabei rhythmisch zur Musik aus seinen „In-Ears Blutooth Kopfhörer". Unterstützt wurden die rhythmischen Bewegungen durch Summen. Beim Refrain wurde aus dem Summen aber ganz schnell ein lautstarkes Italo-Deutsch.

„Ah che bello. Ah che bello Lago di Garda, denn wer einmal diese Schönheit gesehen hat, wird dich für immer verstehen… Ah che bello. Ah che bello Lago di Garda denn mit cuore, speranza und amore werden wir uns wiedersehen…!"

Das Gesumme und Gezappel am Pool waren einigen der Gäste nicht entgangen. Amüsiert standen diese auf den Balkonen und am Parkplatz und beobachteten Paolo. Dieser war so beschäftigt mit Singen und Putzen, dass er gar nicht mitbekam, dass ganz viele Augenpaare nun auf ihn gerichtet waren.

Ganz im Gegenteil! Er drehte jetzt voll auf. Wild tanzend lief Paolo den ganzen Pool entlang und schwang dabei den Reinigungsschlauch wild umher.

Wasser spritzte hoch und verteilte sich am Rand. Paolo lief immer noch tanzend am Pool entlang. Und noch immer sang er lauthals den Refrain mit. Auf die letzten Meter allerdings blieb er mit dem rechten Fuß am Schlauch hängen. Er kam ins Stolpern, konnte sich aber gerade noch einmal fangen. Dabei rutschte er auf dem nassen Boden aus und verlor das Gleichgewicht. Mit dem linken Fuß rutschte er zum Poolrand, konnte sich jetzt nicht mehr halten, verlor das Gleichgewicht und flog mit einem missglückten Köpper in den Pool.

Die Musik in den Kopfhörern verstummte und nun hörte Paolo das laute Klatschen und Grölen der umherstehenden Gäste.

„Amici, amici! Jetzt ich bin voll von nass!", rief Paolo aus dem Pool und schwamm zum Rand. Kurz darauf stand er tropfend wieder außerhalb des Pools. Von der Einfahrt näherte sich ein 73er Bedford CF. Paolo schaute zum Bus, der bereits hinter dem Gebäude verschwunden war und dann an sich hinunter.

„Allora! Ich muss mich umziehen…"

Paolo schaute sich um. Er suchte nach Rosa, Yvonne oder Valeria. Aber keine seiner Frauen war zu sehen. Auf dem Balkon lag Achille. Er schnarchte.

„Mamma mia! Allora. Ich gehe schnell was anderes anziehen!"

Leicht außer Atem stand Paolo wenige Minuten später vor Osvaldo. Die Gruppe aus dem Bedford kam gerade auf ihn zu.

Er blickte ihnen entgegen und konnte so das Fahrzeug genauer sehen. Es war ein pinker Bus mit Gardinen an den hinteren Fenstern. Sein Blick wechselte nun zwischen dem Bus und den sechs Männern, die immer näher kamen.

„Moin Moin. Da sind wir Meister.", begrüßte einer der Männer den verdutzt dreinblickenden Paolo.

„Buongiorno. Willkommen in der Residence Villa Rosa. Mein Name ist Paolo."

Die Männer nickten und es schallte ein sechsfaches „Moin Moin" zurück.

„Ihr habt reserviert Wohnung zusammen, oder…?", fragte Paolo etwas ungläubig.

Alle nickten wieder gleichzeitig.

„Dann ich brauche die Ausweise prego. Und ihr könnt dann schon mal zum Kyosk One. Ich dann kommen gleich zu euch"

Paolo zeigte hinüber zum Bistro, wo Yvonne und Valeria mittlerweile warteten. Beide grinsten.

Die sechs gaben Paolo ihre Ausweise. Dann verschwand er im Büro. Beim Hineingehen fiel sein Blick noch einmal zu dem pinken 73er Bedford CF. Unbemerkt schüttelte Paolo den Kopf.

Die sechs Männer machten sich auf zum Kyosk One.

Dort warteten bereits Yvonne und Valeria auf die Gruppe. Beide lächelten die Neuankömmlinge an.

„Moin Moin die Damen.", sagten sie auch hier wie aus einem Mund.

„Buongiorno.", antworteten Yvonne und Valeria.

Beide lächelten noch immer und schauten die Gruppe fragend an.

„Der Paolo sagte wir sollen hier warten.", sagte ein schmächtiger Mann mit einer etwas hohen Stimme.

„Das war der Herr dort drüben.", schob ein weiterer hinterher und unterstrich es mit einem Kopfnicken in die Richtung.

„Si! Nehmt doch erst einmal Platz. Möchtet ihr was trinken?", fragte Yvonne und schaute die Gruppe fragend an.

Die Gruppe wiederrum schaute sich fragend an.

„Kaffee, Cappuccino! Oder vielleicht etwas Kühles? Ein Wasser, eine Limonade oder Cola? Oder einen Wein?", fragte Yvonne weiter.

Valeria verdrehte die Augen. Sie schüttelte unbemerkt den Kopf und verschwand hinter der Theke des Kyosk One.

Nach weiteren Minuten hatte Yvonne endlich die Bestellung aufgenommen. Cappuccino, Limonade und Wein.

Paolo kam aus dem Büro und ging beschwingt und summend zum Kyosk One hinüber. In der Hand hatte er die Ausweise und den Schlüssel für das Apartment Nummer 8.

„So amici. Hier sind eure Ausweise. Lothar Hartmann! Hans Kramer! Martin Rapp! Peter Lobert! Oliver Jahnke! Und Bruno Köbel!"

Jeder nahm seinen Ausweis entgegen. Mehr als ein Nicken kam allerdings nicht zurück. Typisch Norddeutsch eben.

„Ihr habt Apartment Nummer 8. Die schönste Apartment mit dem besten Blick. Amici. Ich zeige euch. Aber genießt erst einmal euer Aperitivo."

Nach weiteren mehr oder weniger schweigsamen Minuten waren die sechs fertig und Paolo machte sich mit der Gruppe auf zum Apartment Nummer 8.

Paolo ging voran und nach wenigen Minuten und einigen Treppenstufen mehr standen sie in Apartment 8. Ohne auf den großen Balkon zu gehen, konnte man schon jetzt den grandiosen Ausblick erahnen. Durch die Gardinen war der Gardasee schemenhaft zu sehen. Paolo ging voran und öffnete die Türe zum Balkon.

Der Gruppe bot sich nun ein traumhafter Blick über die Dächer der Residence. Vor ihnen lag Garda, die Bucht, der La Rocca und Punta San Vigilio in einiger Entfernung.

Die sechs standen nun ebenfalls alle auf dem Balkon.

„Wow, mega!", flüsterte Lothar Hartmann.

„Einfach Wahnsinn. Dieser Blick!", flüsterte jetzt auch Martin Rapp.

„Ja, fast wie bei uns an der Alster!", sagte Bruno Köbel in die Stille hinein.

Nicht nur Paolo schaute jetzt irritiert. Auch die anderen fünf Männer waren gerade mal wieder sprachlos.

Alle standen sie auf dem Balkon und ließen den Blick schweifen. Dann schnappte sich Paolo die Männer und zeigte ihnen das Apartment. Danach verließ er die Gruppe und ging zurück zum Kyosk One.

Die Gruppe um Lothar Hartmann fing an die Koffer aus dem alten Bedford zu holen.

Viel Zeit hatte Paolo allerdings nicht als er am Kyosk One ankam. Gerade bog der nächste Wagen in die Anlage ein. Ein Mercedes Benz mit rundum dunklen Scheiben.

„Mamma mia. Come alla stazione ferroviaria!"

"Si Paolo. La tua stazione ferroviaria.", sagte Valeria hinter dem Tresen des Kyosk One.

Paolo verdrehte die Augen und machte sich wieder auf den Weg nach vorne.

Der Gast, der gerade ankam, war das genaue Gegenteil von dem, was Paolo wenige Minuten vorher empfing.

Vor ihm stand Mohamad Ibn Al Hamadi.

Capitolo sei: Hunsrück

Birgit Schnippel-Limbach, Hobby-Esoterikerin und Kräuterkundlerin, stand in der kleinen Küche des Kindergartens Märchenwald. Bis vor wenigen Minuten war ihre kleine Welt noch in Ordnung gewesen.

Birgit war eine quirlige Endvierzigerin. Wenn sie nicht nach Kräutern suchte oder mit ihren Klangschalen Kurse im Bekanntenkreis gab, arbeitete sie Vollzeit im Kindergarten.

Sie war seit 28 Jahren mit Heiner verheiratet und hatte zwei Kinder, die allerdings schon 20 beziehungsweise 25 waren und ihre eigenen Wege gingen.

Was sie aber jetzt von ihrer Kollegin Margot Gewehr erfuhr, warf sie komplett aus ihrer kleinen heilen Welt.

„Bigi meine Liebe, du kannst mir glauben. Ich war selbst richtig geschockt. Dachte erst, das sei deine Tochter. Aber als dein Heiner dann seine Zunge…"

Margot stockte. Birgit stand zusammengesackt an der kleinen Küchenzeile.

„So ein Schwein. Da knallt der alte Sack irgend so ein junges Flittchen.", schimpfte Birgit jetzt.

Aus dem Schimpfen wurde jetzt ein hysterisches Geheule.

„Na, irgend so ein Flittchen ist gut. Das ist die Jaqueline Petry aus dem Nachbarort.", platzte es jetzt aus Margot hinaus.

„Was? Die kleine Petry? Die war doch vor ein paar Jahren noch hier im Kindergarten!", schrie Birgit jetzt schrill auf.

Margot nickte.

„Naja paar Jahre ist jetzt vielleicht übertrieben. Die Jaqueline ist letztes Jahr 18 geworden.", erklärte Margot fachmännisch.

Birgit Schnippel-Limbach fing jetzt lauthals an zu lachen, wechselte aber fast zeitgleich wieder in ein hysterisches Geheule.

„Das wird nicht lange gehen. Der ist doch nach fünf Minuten fertig. Die Kanone schießt nicht mehr so effizient und ausdauernd. Wenn das die kleine Petry erstmal spitz hat, ist die schnell wieder weg und ist auf ewig geheilt, sich einen alten Sack zu angeln!", sagte Birgit mit spitzer Zunge.

Margot schaute ihre Kollegin besorgt an. Birgit hatte so einen diabolischen Blick. Dazu noch diese Aussagen. Bis vor wenigen Minuten war das noch ihr Heiner. Und jetzt?

„Ich nehme mir jetzt eine Auszeit! Jetzt direkt!", sagte Birgit und verließ ohne ein weiteres Wort die kleine Küche und Minuten später den Kindergarten.

„Ich glaube, das war jetzt nicht so gut, Margot. Was musst du blöde Kuh auch immer alles hinausposaunen. Du bist manchmal wirklich ein selten dämliches Exemplar.", sagte Margot zu sich selbst.

Sie öffnete einen der Schränke in der Ecke und griff ganz nach hinten. Margot zog eine Flasche hervor. Sie schaute sich kurz verstohlen um, öffnete die Flasche und nahm einen kräftigen Schluck. Dann verschwand die Flasche wieder dort, wo sie herkam.

Birgit Schnippel-Limbach war soeben mit ihrem alten Holland-Fahrrad zu Hause angekommen. Niemand war da, sie war allein. Das Fahrrad ließ sie im Garten auf der Wiese einfach fallen.

Birgit ging ohne Umweg zur Garage und öffnete sie. Der alte Opel Kadett E, Baujahr 85 hatte auch schon bessere Zeiten gesehen. Das rot war blass geworden und an vielen Stellen hatte der Rost bereits die Oberhand gewonnen.

„Der hat auch schon besser ausgesehen. Naja, alte Rostlaube! Wir beide werden jetzt auf große Fahrt gehen. Du und Ich!", sagte Birgit zu dem alten Kadett und klopfte ihm auf das Dach.

Dann verschwand sie im Haus, um gut zwanzig Minuten später mit einer Batik-Tasche wieder vor dem Auto zu stehen. Sie öffnete die Tür. Diese knarzte bedrohlich. Birgit warf die Tasche auf den Rücksitz und setzte sich hinter das Steuer. Sie steckte den Schlüssel ein und startete den Motor. Eine dicke Rauchwolke und mehrere Fehlzündungen später verließ sie stotternd das Grundstück. Minuten später erinnerte nur noch ein verbrannter Duft an den alten Opel und Birgit Schnippel-Limbach.

Margot Gewehr hatte die Flasche zwar wieder in den Schrank gestellt, jedoch schon Sekunden später wieder hervorgeholt. Mittlerweile hatte sie schon mehrere Züge aus der Flasche genommen. Ihr Blick war bereits glasig und sie musste sich an der Arbeitsplatte festhalten.

Die Tür der Küche öffnete sich. Im Türrahmen stand Magdalena Pawlikova. Hinter ihr eine Horde Kinder.

„Was machst du hier Margot?", fragte sie.

„Naaaaa, wonach schiehts denn aus Magalena!" lallte Margot ihr entgegen.

Magdalena Pawlikova war die Leiterin des Kindergartens und gerade mehr als schockiert. Die gebürtige Polin lebte bereits seit mehr als dreißig Jahren in Deutschland. So etwas hatte sie allerdings noch nicht erlebt. Die Kinder hatten jedenfalls Spaß. Die sonst doch eher strenge Margot Gewehr machte gerade keine gute Figur. Die Kinder lachten und tuschelten.

Minuten später hatte sie Magdalena in die kleine Turnhalle geschickt und stand nun wieder in der Küche.

„Margot! Margot!... Margot! Was hast du getan?", fragte Magdalena ruhig.

Margot Gewehr stand etwas wackelig in der Ecke. Sie blickte auf den Boden und hatte Mühe das Gleichgewicht zu halten.

„Isch… Isch… Isch habe einen groschen Fehler g'macht. Isch… Birgid… Isch… Sie isch weg…"
Margot sackte zusammen und fing an zu weinen. Madalena Pawlikova verließ für einen Moment die Küche und ging in die Tropfsteinhöhle, die Gruppe der 2-3-Jährigen. Eine Kollegin verließ daraufhin die Gruppe und ging in die Turnhalle. Magdalena ging wieder zurück in die Küche. Margot saß immer noch zusammengesackt in der Ecke auf dem Boden.

„Und nun erzähl was passiert ist."
Margot Gewehr erzählte noch einmal alles, was sie auch Birgit Schnippel-Limbach erzählt hatte. Nach gut fünf Minuten war sie fertig. Magdalena Pawlikova allerdings auch. Sie schaute aus dem Fenster und schüttelte immer wieder den Kopf.

Birgit Schnippel-Limbach hatte die Autobahn A61 erreicht und war gerade in Rheinböllen aufgefahren. Sie reihte sich in den zähfliesenden Verkehr ein.
Der Opel hatte sichtlich Mühe auf Tour zu kommen. Er stotterte ein wenig. Birgit fuhr langsam hinter einer LKW-Kolonne her. Der Opel lief noch immer nicht ruhig. Das stottern wurde immer stärker.

„Muckie, was hast du denn? Du wirst doch nicht etwa krank?", sagte Birgit etwas beunruhigt und strich dem alten Opel über die staubige Armatur.
Der Wagen antwortete natürlich nicht. Wie sollte er auch. Er war ja nur ein gewöhnlicher alter Opel

Kadett. Das Gespräch war meist sehr einseitig, wenn Birgit mit ihrem Muckie sprach.

Jetzt jedoch war sie ein wenig besorgt.

Noch immer fuhr sie hinter der LKW-Kolonne her. Kurz vor dem Rasthof Hunsrück West, kam zum Stottern noch ein stechender Geruch und ein Rauchen dazu. Der Opel wurde immer langsamer. Mit letzter Kraft schleppte sich Birgit Schnippel-Limbach mit ihrem Muckie auf den Rastplatz. Zwischen einem DAF und einem Scania kam sie zum Stehen. Aus dem Rauch wurde ein dichter Qualm, der sich aus jeder Ritze des betagten Opels drückte.

Birgit Schnippel-Limbach sprang panisch aus dem Auto und ging zum Kofferraum. Sie riss ihn auf und zog ihre Tasche vom hinteren Sitz nach draußen. Dann ging sie hinter die LKWs. Muckie qualmte immer stärker. Aus mehreren Richtungen kamen jetzt Männer gelaufen. Sie sahen den rauchenden Wagen zwischen den beiden LKWs. Der vordere hatte Gefahrgut geladen. Die Männer löschten den Kadett, noch bevor mehr passierte.

Birgit Schnippel-Limbach beobachtete es aus einiger Entfernung. Bereits zum zweiten Mal an diesem Tag kullerten Tränen über ihre Wangen. Diesmal jedoch wegen ihrem Muckie.

Sie nahm ihre Tasche und ging zum vorderen Teil des Rastplatzes. Dort stellte sie sich hin und hob den Daumen.

Aus der sitzengelassenen Birgit Schnippel-Limbach wurde die Tramperin Birgit Schnippel-Limbach.

Capitolo sette: Oer-Erkenschwick

Die Koffer standen fertig gepackt im Flur des Mehr-generationenhauses der Schwäbeles.

Dabei hatte Frieda Butzkamp ihren Koffer bereits kurz nach der Bekanntgabe der Reise im Flur platziert.

Manfred Schwäbele hatte es nicht ganz so eilig gehabt. Er war die letzten beiden Tage sichtlich genervt gewesen mit der Tatsache, dass er zum einen mit seiner Schwiegermutter zusammen in den Urlaub musste und dann auch noch dorthin, wo er unter gar keinen Umständen niemals hinwollte. Zur Residence Villa Rosa!

Aber es half nichts. Die Schwiegermutter hatte in diesem Fall die Hosen an und so hatte er sich seinem Schicksal ergeben und seiner Frau Zita den Auftrag gegeben, seinen Koffer zu packen.

Diese hatte nach einigem Hin und Her und mindestens genauso vielen Diskussionen mit ihrem Mann, seinen Koffer gepackt. Dieser stand jetzt ebenfalls im Flur.

Morgen früh sollte es losgehen. Frieda hatte im Allgäu noch eine Übernachtung gebucht, um die lange Anfahrt etwas angenehmer zu gestalten. Den Aufenthalt in der Residence Villa Rosa hatte sie daher von Sonntag bis Samstag gebucht.

„Ich habe heute Abend noch einen geschäftlichen Termin.", sagte Manfred zu seiner Frau.

„Warum das denn? Ihr fahrt doch morgen früh nach Italien! Muss das denn noch sein?", fragte Zita leicht genervt.

Manfred verdrehte die Augen.

„Schatzi! Ich kann nichts dafür. Das ist ein Termin, der in der kommenden Woche angestanden hätte. Da ich aber mit deiner Mutter nach Italien muss, blieb mir nichts anderes übrig als diesen wichtigen Termin auf heute Abend zu legen. Zum Glück war das noch möglich.", erklärte Manfred.

Zita nickte nur, ging in die Küche und räumte die Spülmaschine aus.

„Was ist das eigentlich für ein Termin?", wollte sie dann noch wissen.

Manfred Schwäbele, der breit grinsend aus dem Fenster schaute, wurde soeben aus seinen Träumen gerissen.

„Ähm Schatzi. Das ist… das… du weißt doch… Das ist der Herr Meyer-Humbach.", erklärte Manfred.

„Aha. Und wer ist dieser Meyer-Humbach? Der Name sagt mir gar nichts.", fragte Zita ohne Pause.

Manfred wurde nervös.

„Ein wichtiger Kunde. Ich hatte doch mal von ihm erzählt. Letztens beim Abendbrot!", antwortete er.

Zita kam aus der Küche und stand jetzt im Türrahmen.

„Ich erinnere mich jetzt nicht daran. Also an die Erzählung meine ich.", sagte Zita.

Manfred grinste ein wenig verlegen. Natürlich gab es diesen Meyer-Humbach nicht wirklich. Also Meyer-

Humbach schon, aber es war kein Herr, sondern eine Frau.

Er musste umplanen. Gisela „Gisi" Meyer-Humbach war Manfreds Termin oder auch mal der Stau auf der Autobahn. Ganz das, was gerade nötig war, um mal von zu Hause fernzubleiben. Diesmal war sie halt der wichtige Kunde. Und da er ja in wenigen Stunden nach Garda aufbrechen würde und auch in den nächsten Tagen kein Treffen mehr möglich war, musste also kurzfristig noch ein Termin eingeschoben werden.

Gisi war, wie bereits erwähnt, seit gut zwei Jahren die Affäre von Manfred. Immer wenn es möglich war, traf er Gisi mal bei ihr zu Hause, mal im Hotel oder im El Brasi Sex Film Club in Bochum.

An diesem Abend jedoch ging es zu ihr. So kurzfristig war nichts anderes mehr möglich gewesen.

Knapp eine Stunde später und nach der ein oder anderen Diskussion mit seiner Frau Zita stieg er aus seinem Wagen und ging auf die Tür des Mehr-familienhauses zu. Gisi hatte ihn bereits gesehen und drückte den Türöffner, bevor Manfred die Tür erreichte. Schnellen Schrittes ging er hinein.

Nur wenige Minuten später lagen beide im Bett. Die Klamotten der beiden waren wild verteilt zwischen Flur bis hin zum Schlafzimmer.

Richtige Stimmung und knisternde Erotik wollte allerdings bisher keine aufkommen. Manfred war mit den Gedanken bereits bei seiner Schwiegermutter und dem

Gardasee. Gisi war sauer, weil er lieber mit der alten Schachtel in Urlaub fuhr anstatt mit ihr.

„Gisi Schatz, du musst verstehen. Ich kann doch nichts dafür! Meine Schwiegermutter hat mich einfach damit überrumpelt. Ich wusste nichts davon. Ich mach das wieder gut. Wir fahren im November zusammen ein paar Tage fort.", versuchte Manfred zu beschwichtigen und fummelte an Gisi herum.

„Du hast schon so oft gesagt, dass du mit mir wegfahren willst. Aber ich will nicht im kalten November in irgendeiner Pension vergammeln. Ich will Sonne, Strand und Meer Manfred Schwäbele!", zischte sie böse und schob seine Hand beiseite.

Damit war die Stimmung jetzt vollends am Boden. Manfred erhob sich und zog sich an. Minuten später verließ er die kleine Wohnung und ließ Gisi ohne ein weiteres Wort zurück.

36 Stunden später und nach einem Zwischenstopp im Allgäu, fuhr der schwarze Fiat Multipla von Manfred Schwäbele in Rovereto Süd ab.

Er hatte in den vergangenen Stunden immer wieder versucht Gisi zu erreichen. Sie war noch immer sauer, auch weil Manfred ohne ein Wort einfach so verschwunden war.

Frieda Butzkamp rutschte aufgeregt auf ihrem Sitz hin und her. Sie konnte es kaum noch erwarten, den Gardasee zu erblicken. Ein bisschen jedoch musste sie sich noch gedulden. Auch würde es noch dauern, bis sie die Villa Rosa erreichen würden.

„Junge, jetzt gib doch mal ein bisschen Gas. Wir wollen doch endlich ankommen.", sagte sie aufgeregt.

„Ja ja Schwimu. Ich mache ja so schnell es geht. Aber ich halte mich hier auch an die Vorschriften. Sonst wird es teuer.", antwortete Manfred.

Der Fiat bewegte sich behäbig weiter Richtung Lago. Hinter ihnen hatte sich bereits eine Schlange aus gut fünfzehn Fahrzeugen gebildet, die hektisch versuchten zu überholen und bereits am Fluchen und sogar am Hupen waren.

Capitolo otto: Pathologie Verona

Die Pathologie in Verona war stets gut besucht. Die einzelnen Kühlfächer waren selten leer. Die Abteilung hatte 365 Tage im Jahr immer gut zu tun. Gestorben wurde täglich und nicht selten waren Todesfälle dabei, wo es unabdingbar war, die Pathologie mit einzubeziehen. In Fach 3.67 B lag einer dieser Fälle.

Hans Vogtländer war kurz vor einer Verlegung zum Bestattungsunternehmen Morelli.

Die Untersuchungen an seinen sterblichen Überresten waren seit wenigen Minuten abgeschlossen. Er lag wieder in seinem Fach und wartete.

Was sollte er auch anderes machen als Toter. Schließlich war er seit dem tödlichen Vorfall in seiner Zelle auf fremde Hilfe angewiesen.

Diese war bereits unterwegs und würde in wenigen Minuten vorfahren.

Dottore Hugo Biassini, einer der Gerichtsmediziner, hatte die Untersuchungen geleitet. Er war es auch häufig, der an die Tatorte hinausfuhr. So war es auch bei Hans Vogtländer gewesen.

Was er in einer ersten Untersuchung bereits zu 99% ausschließen konnte, war Gift. Das letzte fehlende Prozent würde die toxikologische Untersuchung beweisen. Diese würde allerdings Wochen brauchen. Daher hatte Dottore Biassini vorsichtshalber noch Gewebe- und Blutproben sichergestellt.

Hans Vogtländer war im Zuge seiner Verletzungen an einem multiplen Organversagen gestorben. Er hatte durch die Aufregung und den vermeintlichen Todeskampf einen Herzinfarkt erlitten, der so stark war, dass noch eine Lungenembolie, sowie ein leichter Schlaganfall hinzukam. Das alles führte wohl dazu, dass er irgendwann in der Nacht in seiner Zelle verstarb.

Wie und durch was mussten nun andere Behörden herausfinden. Seine Arbeit war getan. In den nächsten Tagen würde er einen ausführlichen Bericht an die zuständigen Behörden weiterleiten.

Da es in einem staatlichen Gefängnis passiert war, hatte er bereits, denn so stand es in den Vorschriften, Rom informiert.

Das Telefon klingelte. In den sterilen, kalten Räumen hallte es. Langsam ging Dottore Biassini zu dem Apparat, der an der Wand hing und nahm ab.

„Si! Signore Fratinelli!"

Biassini verdrehte die Augen und fluchte innerlich. Schon seit Monaten wartete er auf einen neuen Telefonapparat. Einem, bei dem man sehen konnte, wer anrief. Fratinelli war einer derer, mit denen der Dottore nicht sprechen wollte. Er war der Direktor des Gefängnisses. Biassini wusste, warum er anrief. Er wollte Informationen.

Fratinelli war schmierig und arrogant. Einer dieser Typen, die niemand mochte, aber mit denen man zusammenarbeiten musste.

„Dottore, mein Bester. Was können Sie mir berichten?", fragte er in seiner schmierigen, arroganten Art, die Biassini so mochte.

„Nichts Signore Fratinelli, gar nichts. Ah doch. Rom ist informiert.", sagte er und legte auf.

Dottore Biassini nahm sogleich wieder den Hörer von der Gabel und ließ ihn nach unten fallen. Dieser baumelte an der weißen, kalten Wand und es war ein leises „Tuten" zu hören.

Biassini ging wieder zurück zu seinem Tisch in der Mitte des Raumes. Ein schelmisches Grinsen huschte über sein Gesicht.

Es klingelte. Die Melodie vom Paten ertönte. Diesen Klingelton hatte Biassini einprogrammiert. Er ging zur Tür und öffnete. Zwei Männer standen davor. Er ließ beide, bepackt mit einem Zinnsarg, hinein. Morelli war wie immer pünktlich.

Capitolo nove: Residence Villa Rosa Garda

Mohamad Ibn Al Hamadi, oder auch einfach nur Modi, hatte vor ein paar Minuten naserümpfend sein Apartment im Untergeschoss nahe dem Pool bezogen. Er war ohne weitere Worte in seiner Wohnung verschwunden, nachdem er kurz zuvor noch seinen Designerkoffer aus dem schwarzen Benz geholt hatte.

Vom ganzen Äußeren passte er so gar nicht in die Villa Rosa. Er wäre sicherlich weitaus weniger im Quellenhof in Lazise aufgefallen, aber er wollte unbedingt hierher.

Den anderen Gästen war dieser Paradiesvogel in seinem protzigen Wagen natürlich nicht entgangen.

Einige lächelten, andere wiederrum rümpften die Nase und tuschelten. Modi war, was das Äußerliche anging in vielen Dingen wie ein italienischer Gigolo. Dunkle Haare, braungebrannt, athletische Figur, dazu Goldkettchen, Designeranzug und ein sehr aufdringliches Aftershave, was selbst im Apartment Nummer 39 zu riechen war. Aber wenn er was sagte, merkte selbst ein Blinder mit schlechtem Gehör, dass der Mann der dort vor einem stand, kein Italiener sein konnte, sondern vielmehr aus dem Nahen Osten kam.

Paolo stand wieder hinter der Theke im Kyosk One. Er schüttelte noch immer den Kopf.

Erst diese kunterbunte Truppe von Nummer 8 und dann dieser komische Typ. Eigentlich konnte es jetzt nur noch aufwärts gehen. Schlimmer jedenfalls konnte es nicht mehr werden. Dachte er!

„Che giorno! Ancora una cosa del genere oggi e sto emigrando!", rief er in den hinteren Teil.

Niemand war zu sehen, aber nachdem er das sagte, erschien Valeria. Sie hatte einen Salat in der Hand.

„Paolo. Come se stessi emigrando!", antwortete sie und musste süffisant lachen.

„Altri due in viaggio, poi tutti i nuovi ospiti sono li!", sagte er mehr zu sich selbst und nahm einen Schluck aus seiner Kaffeetasse.

Dann ging er langsam nach vorne. Als er im Türrahmen stand, sah er aus dem Augenwinkel, dass ein weiteres Fahrzeug auf das Gelände fuhr. Er verdrehte für eine Sekunde seine Augen und machte sich langsam auf in Richtung Osvaldo.

Als Paolo ankam, schritt bereits eine ältere Dame um die 65 auf ihn zu. Im Schlepptau zog sie etwas Undefinierbares hinter sich her. Als sie näherkam deutete alles auf einen Hund. Paolo musterte beide.

Die Frau war, wie bereits festgestellt schon etwas reifer. Eine Figur suchte man bei ihr vergebens. Sie war gut genährt. Einen Hals hatte sie ebenfalls nicht. Ihr Kopf mit einem Büschel grauer Haare war direkt auf ihren Schultern. Sie schnaufte etwas. Jedoch nicht so schlimm, wie das kleine Fellknäul was sie bis vor wenigen Sekunden noch hinter sich hergezogen hatte.

Es musste ein Hund sein. Jedenfalls glaubte das Paolo. Erkennen konnte er es aber noch immer nicht genau. Wie auch das Frauchen, hatte das Tier keine Figur. Beine und Bauch ergaben eine Linie, die über den Boden schliff. Der Hund, oder was immer das war, musste auf der Unterseite glatt wie ein Baby-Popo sein.

„Junger Mann sache se nix! Sie müsse der Paolo sein. Stimmts?"

Paolo wollte antworten, kam aber nicht dazu.

„….Si"

Zu mehr kam er nicht. Die ältere Dame war schneller.

„Wusste ich es doch! Das habe ich direkt gespürt! Das ist mein Hobby.", erklärte sie, ohne zu fragen, ob Paolo das überhaupt hören wollte.

„Ich bin die Margot Mallmann aus Deidesheim in der Palz. Ich habe bei Ihnen gebucht.", sagte sie und ergriff die Hand des etwas perplexen Paolo.

Sie packte zu und schüttelte. Sie schüttelte so stark, dass Paolo Mühe hatte das Gleichgewicht zu halten.

„Das ist Herr Schmitz! Er begleitet mich seit vielen Jahren überall hin.", sagte sie und blickte auf das schnaufende Etwas.

„Er ist nicht mehr so gut zu Fuß. Vielleicht hat er aber auch Hunger!", merkte sie an.

Paolo musste jetzt schmunzeln. Am liebsten würde er laut loslachen, aber er beherrschte sich.

„Darf ich haben den Ausweis. Dann kann ich machen alles fertig und sie können gehen zum Kyosk One.", erklärte Paolo jetzt und zeigte ihr den Weg mit einem Kopfnicken.

Margot Mallmann öffnete ihre Tasche und kramte einen Ausweis heraus.

„Den von Herr Schmitz auch?", fragte sie.

Paolo schaute sie an.

„Wer ist Herr Schmitz?", fragte Paolo etwas irritiert.

Margot Mallmann blickte erst zu Paolo und dann nach unten auf den Boden, wo das Fellknäuel noch immer hechelnd saß.

„Ahhhhh. No no! Iste nicht notig."

Paolo nahm den Ausweis und verließ fluchtartig das Geschehen. Er schaffte es gerade noch so in sein Büro. Paolo schloss die Tür und lachte erst einmal laut los.

Margot Mallmann setzte sich langsam in Bewegung und zog das Fellknäuel mit Namen Herr Schmitz hinter sich her. Kurz darauf war sie am Kyosk One und nahm auf einem der Metallstühle Platz. Er quietschte und knarzte etwas. Herr Schmitz ließ sich einfach fallen. Wobei fallen doch stark übertrieben war, bildeten Beine und Körper doch eine Linie. Er rollte zur Seite, traf es wohl besser.

„Buongiorno. Ich bin Yvonne. Was darf ich zu trinken bringen?"

Margot Mallmann schaute Yvonne an und lächelte.

„Einen starken Kaffee, mit viel Milch und ganz viel Zucker. Und für Herrn Schmitz ein Wasser oder noch besser eine Limo. Die liebt er.", sagte sie und lächelte Yvonne an.

„Wer ist Herr Schmitz?", fragte Yvonne.

Margot Mallmann blickte wieder erst zu Yvonne und dann auf den Boden zu dem Fellknäuel.

„Ahhhh. Ich verstehe.", sagte sie und verschwand grinsend hinter der Theke.

„Un pazzo.", sagte sie zu Valeria, die zustimmend nickte.

Yvonne machte den Kaffee mit viel Mich und Zucker, sowie das Wasser für Herrn Schmitz und schob beides zu Valeria.

„No Yvonne!", sagte sie, aber diese war gar nicht mehr da.

Valeria nahm den Kaffee und das Wasser und ging zum Tisch von Margot Mallmann.

„Buongiorno. Un Caffè e aqua per il cane."

Die schrullige ältere Dame lächelte Valeria an und griff in ihre Tasche.

„No no Signora!", sagte Valeria.

Margot schaute sie an und hielt ein Knäuel, sowie Stricknadeln in der Hand.

„Ich stricke gerne. Ich stricke immer. Und ich interessiere mich für alles und jeden. Ich habe euch schon eine Zeitlang verfolgt in den sozialen Medien", sagte sie und blickte in das ahnungslose Gesicht von Valeria.

Diese drehte sich um und verschwand wieder hinter der Theke.

Paolo eilte herbei. Er übergab Margot Mallmann ihren Ausweis, sowie die Schlüssel für Ihr Apartment.

„Sie wohnen gleich da unten.", sagte Paolo und zeigte in die Richtung, wo auch schon Modi vor einigen Minuten verschwunden war.

„Oh wie praktisch. Keine Treppen. Das mögen wir. Nicht wahr, Herr Schmitz?", sagte sie und schaute zu dem Fellknäuel auf dem Boden.

Dieser hatte Mühe sich zu drehen. Er versuchte auch mit dem kleinen Schwanz zu wackeln, aber irgendwie kamen die Befehle, die vom Gehirn an die äußerste Stelle gesendet wurden, nicht an. Es sah dann doch mehr wie ein Zucken aus.

„Herr Schmitz freut sich auch. Er kann es im Moment nur nicht so zeigen.", sagte Margot Mallmann und nahm einen kräftigen Schluck von ihrem Kaffee.

Paolo verschwand ohne ein weiteres Wort ebenfalls hinter der Theke, nahm sich ein Glas und schenkte sich einen doppelten Ramazzotti ein.

„Mamma mia. Pazzo.", sagte er und kippte den Ramazzotti in einem Zug hinunter.

Capitolo dieci: Promenade Bardolino

Noch herrschte in Bardolino eine entspannte Geschäftigkeit. Seit einigen Tagen bereits waren viele Männer entlang der Promenade damit beschäftigt alle

Hütten und Bühnen für das kommende Weinfest auf-
zubauen. Überall entlang standen Paletten herum, die
wiederum beladen waren mit Bohlen und Stangen.
Etwas Abseits standen zwei große Anhänger, die bis
unter die Dächer mit Biertischgarnituren beladen
waren.

Die Saison am See neigte sich dem Ende. Die
Sommerferien in Italien, wie auch im übrigen Teil
Europas waren zu Ende. Die Klientel hatte binnen
weniger Tage von Familien mit Kindern zu Pärchen
und Rentnern gewechselt.

Die nächste Anreisewelle war aber bereits unterwegs.
In den kommenden Tagen würden in und um Bardolino wieder tausende Touristen anreisen, und all das
nur aus einem Grund, dem Weinfest!

Das begann bereits in wenigen Tagen.

Vom Café Italia kommend näherte sich eine Gruppe.
Die Männer, alle zwischen 20 – 35 Jahre, bewegten
sich starr und mit kaltem Blick. Sie waren auf den
ersten Blick alle südländisch. Einige hatten Bärte oder
zumindest einen 3-Tage-Bart. Alle trugen Sonnenbrillen und dazu dunkle Kleidung.

Sie gingen schnellen Schrittes Richtung Riesenrad.
Passanten, die ihnen entgegenkamen oder aber im
Weg standen, stießen sie unsanft zur Seite.

Einige kamen ins Straucheln und hatten Mühe das
Gleichgewicht zu halten. Eine ältere Dame konnte
sich gerade noch so auf den Beinen halten, nachdem
sie zur Seite gestoßen wurde. Unmut machte sich
breit. Einige schüttelten nur mit dem Kopf und setzten

ihren Weg fort. Andere wiederrum riefen der Gruppe verärgert hinterher.

Das schien sie aber nicht zu stören. Die Männer blieben weder stehen, noch änderten sie etwas an ihrem Tun.

Einige der Arbeiter hatten den Vorfall ebenfalls beobachtet. Sie wollten bereits einschreiten, erblickten dann aber in einiger Entfernung die Polizia Locale, die gerade mit ihrem Fiat Panda zur Promenade kam.

Einer der Arbeiter winkte ihnen zu, während ein weiterer in Richtung der Gruppe zeigte. Der Wagen beschleunigte. Passanten sprangen zur Seite.

Von der Gruppe war leider nichts mehr zu sehen. Sie waren wie vom Erdboden verschwunden. Der Fiat blieb stehen. Das Fenster öffnete sich einen Spalt. Einer der Arbeiter näherte sich.

„Es waren fünf oder sechs. Ziemlich finstere und dazu noch unfreundliche Gestalten. Sie haben die Passanten belästigt und geschuppst.", erzählte er dem Beamten im Wagen.

Dieser nickte und notierte sich die spärlichen Informationen.

„Wo sind sie hin?", fragte er.

Der Arbeiter zuckte nur mit den Schultern und blickte sich hilfesuchend um.

„So schnell wie sie kamen, waren sie auch wieder verschwunden!", sagte er nur noch und kehrte zu seinen Kollegen zurück.

Der Fiat Panda der Polizia Locale blieb noch einen Augenblick stehen, setzte seine Fahrt aber wenig später langsam fort.

Auch die Passanten schlenderten wieder unbeschwert die Promenade entlang.

Von den Männern war weit und breit nichts mehr zu sehen.

Capitolo undici: Residence Villa Rosa Garda

Paolo lehnte an der Theke vom Kyosk One. Er hatte noch immer das Ramazzotti Glas in der Hand. Ein paar Tropfen waren noch drin. Er schaute es strafend an und stellte es in die Spüle. Dann verließ er das Kyosk One und machte sich langsam auf Richtung Büro.

„Sono in ufficio.", sagte Paolo noch zu Valeria und Yvonne.

Beide nickten nur stumm.

Der Fiat Multipla von Manfred Schwäbele hatte Garda endlich erreicht. Frieda Butzkamp hatte ihn die letzte Stunde so gedrängt, schneller zu fahren, dass er dem nachgegeben hatte und hinter Torri del Benaco schneller fuhr. Leider sehr zum Leidwesen, wie er kurz darauf feststellen musste. An der Zufahrt von Punta San Vigilio stand eine Streife der Carabinieri, die ihn prompt rauswinkte. Zehn Minuten später war

Manfred Schwäbele die ersten 100 Euro los, ohne viel dafür gemacht zu haben.

„Das alles nur, weil du unbedingt schneller sein wolltest.", meckerte Schwäbele in Richtung seiner Schwiegermutter.

„Ich? Du fährst doch! Du musst doch selbst schauen.", verteidigte sich Frieda Butzkamp.

„Aber du hast doch ständig gedrängt ich soll schneller fahren!", konterte er.

„Ja, aber nur weil du meist unter der zulässigen Höchstgeschwindigkeit gefahren bist.", warf sie ein.

Manfred Schwäbele schmollte. Nicht nur, dass er mit seiner Schwiegermutter am Gardasee war. Nein, es ging auch noch in die Residence Villa Rosa und ein Ticket hatte er auch noch bekommen. Nicht gerade ein guter Start. Und was hätte er alles mit Gisi anstellen können, aber nein, die blöde Kuh ging ja nicht mehr ans Telefon.

Der Multipla stand im Stau. Wie immer war Verkehr. Das lag aber an den beiden Kreiseln in der Ortsmitte, sowie mehreren Zebrastreifen. Langsam näherten sie sich dem ersten Kreisel. Es war sehr still im Auto. Nur das Radio lief leise. Marianne Rosenberg quietschte gerade in die Boxen. Frieda Butzkamp verzog das Gesicht.

Fünf Minuten später erreichte der Fiat die Einfahrt der Villa Rosa. Aus den Boxen war jetzt leise „Ah che bello – Lago di Garda" zu hören.

Frieda öffnete ihr Fenster und drehte das Radio auf volle Lautstärke. Manfred erschrak und verzog das Lenkrad. Noch gerade so konnte er verhindern, dass er die Mauer streifte.

„Spinnst du, Schwiemu. Willst du, dass wir uns hier in der Mauer verewigen?"

Er drückte hektisch alle Knöpfe auf dem Radio, bis es mucksmäuschenstill war.

Frieda schüttelte den Kopf und blickte aus ihrem Seitenfenster.

„Dass du gleich so übertreiben musst.", sagte sie leise.

Manfred bremste und blieb zwischen Gebäude und Mauer stehen.

„Ich übertreibe? Du hast doch das Fenster runtergekurbelt und dieses Lied bis zum Anschlag aufgedreht. Man muss doch nicht gleich alles vergessen, nur weil man in die Residence Villa Rosa fährt. Jetzt reiß dich bitte mal ein bisschen zusammen, Frieda!", sagte Manfred Schwäbele und setzte die Fahrt langsam fort.

Sekunden später parkte er den Fiat auf einem der freien Plätze.

Frieda schnallte sich ab und sprang aus dem Wagen. Manfred folgte deutlich langsamer.

Frieda Butzkamp stand vor Osvaldo und war aufgeregt. Ihr Blick schweifte zum Pool, zum Kyosk One und auch den Gebäuden.

Manfred Schwäbele stand etwas abseits und schaute schon jetzt gelangweilt.

Rosa erschien im Türrahmen der kleinen Rezeption.

„Herzlich Willkommen hier in der Villa Rosa. Ich hoffe Ihr hattet eine angenehme Anreise?", begrüßte sie die beiden.

Frieda schaute etwas erschrocken. Wo war Paolo? Sie ließ sich aber nichts anmerken und grüßte freundlich zurück.

„Buongiorno. Vielen Dank! Wir hatten eine gute Anreise. Etwas schleppend, aber gut.", antwortete Frieda und blickte zu Manfred hinüber.

„Moin. Danke.", war die kurze und knappe Begrüßung von Manfred.

Rosa lächelte beide an.

„Kann ich dann bitte die Ausweise haben?"

Beide kramten ihren Ausweis hervor und gaben ihn Rosa.

„Grazie. Ihr könnt dann schon einmal rüber zum Kyosk One gehen. Ich bin dann gleich bei euch.

Rosa machte kehrt und verschwand wieder im Inneren. Frieda und Manfred standen etwas hilflos und verlassen vor Osvaldo. Frieda blickte sich um und suchte nach Paolo.

„Komm Bub, lass uns zum Kyosk One gehen."

„Schwiemu, nenn mich bitte nicht Bub!", erwiderte Manfred leicht pikiert.

Frieda nickte und ging langsam voran.

„Jetzt komm. Wir sind hier ja nicht, um dumm rumzustehen, Bub."

Frieda Butzkamp und Manfred Schwäbele gingen zum Kyosk One und setzten sich an einen der vorderen Tische. Achille lag am Eingang und blickte beide an.

Er stand auf und ging schwanzwedelnd hinüber. Bei Manfred blieb er stehen und fing an, seine Hand zu lecken. Dieser zog sie angewidert weg. Sie war nass und klebrig. Achille ließ sich fallen und knurrte leise.

„Achille, vieni qui! Achille!", sagte Yvonne mit einem energischen Ton.

Achille erhob sich langsam, knurrte nochmals leise und ging ins Kyosk One.

„Bitte entschuldigt. Herzlich Willkommen! Was darf ich euch zu trinken bringen? Einen Kaffee, oder vielleicht einen Cappuccino? Cola, ein Bier oder vielleicht einen Wein?"

Frieda und Manfred waren gerade etwas überfordert und blickten ratlos zu Yvonne. Diese lächelte beide an.

„Ein Bier.", sagte Manfred und lächelte etwas gequält zurück.

„Ich bekomme einen Wein prego.", sagte Frieda.

„Einen weißen oder roten?"

„Mhhhh, einen Roten prego.", erwiderte Frieda.

„Si. Und du? Welches Bier möchtest du? Wir haben Felsenkeller, ein naturtrübes, oder ein Forst Pils. Beides gezapft.", fragte Yvonne.

Manfred überlegte. Er war mal wieder etwas überfordert.

„Felsenkeller bitte.", sagte er dann aber schließlich.

„Si, kommt sofort, grazie."

Frieda und Manfred schwiegen sich an. Beide schauten in entgegengesetzte Richtungen.

„So, ein Felsenkeller und eine Rotwein. Grazie."

Yvonne stellte beide Getränke auf den Tisch und verschwand wieder hinter der Theke.

Manfred nahm sein Glas und setzte an. Frieda nahm ebenfalls ihr Glas und prostete ihrem Schwiegersohn zu. Dieser hatte aber bereits das halbe Glas geleert.

„Bauer!", sagte Frieda und nippte an ihrem Glas.

Manfred stellte sein Glas ab und zog eine Schnute. Aus den Augenwinkeln sah Frieda eine Person näherkommen. Sie drehte leicht den Kopf und da war er. Paolo! Sie strahlte augenblicklich über das ganze Gesicht.

Manfred starrte sie an und verdrehte die Augen. Frieda wurde rot.

„Ciao Amici. Herzlich Willkommen in der Villa Rosa. Hier sind eure Ausweise. Einmal Frieda und einmal Manfred. Ihr seid erstes Mal hier?", stellte Paolo fest.

Beide nickten. Frieda starrte Paolo an und grinste.

„Hier sind Schlüssel zu Apartment 37. Ist das Apartment da oben. Wenn ihr wollt, ich kann zeigen euch?"

„Ja!", sagte Frieda

„Nein!", erwiderte Manfred.

Paolo schaute irritiert zwischen beiden hin und her.

„Wir finden es schon. Die Nummer steht ja an der Tür! Oder irre ich mich?", sagte Manfred trocken und leerte sein Glas.

„Si, Manfred. Das stimmt!", erwiderte Paolo und lachte auf.

Dann drehte er sich um und verschwand im Kyosk One.

„Pazzo! Solo pazzi questa volta!", sagte er zu Yvonne und schüttelte den Kopf.

Frieda trank ihren Wein aus. Sie schaute nochmals zum Kyosk One und lächelte Paolo an. Dann standen beide auf und verließen den Poolbereich. Kurz darauf sah man Frieda und Manfred, bepackt mit Taschen und Koffern über den Parkplatz laufen.

Paolo und Yvonne beobachteten beide noch immer aus dem Kyosk One. Synchron schüttelten beide den Kopf. Paolo nahm ein Glas und schüttete sich nochmals einen Ramazzotti ein.

„Non lasciare che la mamma lo veda!", sagte Yvonne und grinste.

„No, va bene!"

Während Frieda Butzkamp und Manfred Schwäbele ihr Apartment bezogen, näherte sich aus der anderen Ecke Margot Mallmann und Herr Schmitz. Mohamad Ibn Al Hamadi, der sein Apartment verlassen hatte, verschwand jedoch in Richtung des Parkplatzes.

Minuten später fuhr er mit seinem Wagen vom Gelände. Margot Mallmann und Herr Schmitz gingen gemeinsam zum Kyosk One.

„Oh no! Pazzo! Die einen weg, die anderen kommen! Das werden anstrengende Tage werden.", sagte Paolo zu Yvonne.

Capitolo dodici: Brennero

Birgit Schnippel-Limbach hatte am Rasthof Hunsrück West schnell eine Mitfahrgelegenheit gefunden. Ein Transporter aus Kiel, beladen mit Bekleidung aus Norwegen, wollte auf dem schnellsten Weg zum Outlet am Brenner.

Knut Poulsen war ein sehr gesprächiger Fahrer. Er erzählte unentwegt Witze und hatte zu fast jeder Stadt, an der sie vorbeikamen, eine Geschichte auf Lager. Birgit fand es anfangs recht angenehm. So konnte sie abschalten. Jedoch kannte sie nach knapp neun Stunden Fahrt jeden Witz. Knut Poulsen hatte einen ganzen Witzeband hinuntergebetet. Was das Wissen über Städte anging, konnte Birgit Schnippel-Limbach auch hier ein ganzes Buch füllen. Ludwigshafen, Heilbronn, Stuttgart, Kempten und Innsbruck waren nur die größten und dazu die ausführlichsten Städte-informationen, die sie von Knut bekam.

„So Mädel, gleich sind wir am Brenner. Da ist dann für mich Endstation. Von da musst du schauen, wie du weiterkommst.", sagte Knut mit einem wehleidigen Unterton.

„Danke Knut. Du hast mir wirklich sehr geholfen bis hierher. Ich komme schon irgendwie weiter.", antwortete Birgit.

„Mädel schau das du schnell weiterkommst von hier. Es wird Herbst und die Nächte auf 1300 Meter können empfindlich kalt werden."

Birgit Schnippel-Limbach nickte nur stumm. Als sie Minuten später auf dem großen Parkplatz auf der Brenner Station hielten, verabschiedeten sie sich. Kurz darauf war der Transporter verschwunden und Schnippel-Limbach stand allein auf dem voller werdenden Parkplatz am Brenner.

Es war bereits jetzt empfindlich kalt. Und dabei war es gerade einmal 10:00 Uhr in der Früh. Der Himmel war klar, die Luft frisch.

Birgit schaute sich um. Eine Reihe von LKWs stand auf dem Parkplatz. Die meisten kamen aus dem Ostblock. Nur wenige italienische LKWs waren darunter. Etwas Abseits standen Autos und Wohnmobile. Birgit Schnippel-Limbach schaute hinüber. Auf den ersten Blick war keines der Fahrzeuge unterbesetzt. Alle waren bis unter das Dach beladen. Meist waren es ältere Personen. Alles andere wäre auch zur jetzigen

Zeit recht komisch gewesen. Die Ferienzeit war zu Ende.

Sie setzte sich auf einen Poller, der am Rand stand. Birgit war müde. Die Fahrt vom Hunsrück bis hierher hatte Knut durch die Nacht gemacht. Verkehr hatten sie so gut wie keinen gehabt. Schlaf allerdings auch nicht.

Knapp zwei Stunden später hatte sich an ihrer Situation grundlegend noch nichts geändert. Sie hatte mittlerweile mehrere Kaffees getrunken und schon das ein oder andere Croissant gegessen. Noch immer schaute sie auf die ankommenden Fahrzeuge, aber es war bis zum jetzigen Zeitpunkt kein passendes mit ausreichend Platz dabei gewesen.

Ein Reisebus fuhr auf den Rastplatz. Der aus Dresden kommende Bus mit der Aufschrift „Sachsen Idealtours" blieb nur wenige Meter von Birgit stehen.

Die Türen öffneten sich und heraus stürmten über 2000 Jahre. Der Bus war voll mit Fahrgästen im Renten- und Pensionsalter. Birgit schaute auf die Fahrgäste und verdrehte die Augen.

„Normalerweise ist das ein „No-Go", aber das ist ein Notfall Bigi!", sagte sie zu sich selbst.

Birgit Schnippel-Limbach erhob sich und ging zum Bus hinüber. Einige der älteren Mitfahrer standen am Bus. Birgit ging geradewegs zum Fahrer.

„Guten Morgen gnädige Frau."

„Guten Morgen. Ich habe da ein kleines Problem und habe mich gefragt, ob Sie mir da vielleicht behilflich sein könnten.", fing Birgit an.

„Das kommt ganz auf Ihr Problem an, gnädige Frau.", antwortete der ältere Fahrer und lächelte sie an.

Birgit dachte nach. Sie hatte keinen Plan, nur ein Ziel. Und der Weg war das Ziel.

„Ich war heute morgen noch Gast im Flixbus nach Mailand. Der Bus machte hier Rast. Ich stieg aus und ging auf die Toilette. Es war viel los und…!"

Birgit machte eine Pause. Sie blickte erst auf den Boden und dann zu dem Fahrer. Es war still und der Fahrer schaute sie gespannt an. Noch immer sagte sie nichts. Sie hatte das mal in einem Film gesehen. Mitten in einer Erzählung aufhören und das Gegenüber so in seinen Bann ziehen.

„… ich habe den Bus verpasst. Der schhhhhh… Bus fuhr einfach los und und und. Ich habe die Weiterfahrt verpasst. Und jetzt sitze ich hier fest und weiß nicht, wie ich von hier wegkomme.", sagte Birgit weiter.

Der Fahrer blickte sie an.

„Nun ja, wissen Sie. Das alles ist sehr tragisch, aber…"

Birgit Schnippel-Limbach schaute ihn jetzt mit einem Blick an, den nur Frauen konnten. Und so wie es aussah, schien er zu funktionieren.

„Also gut, gnädige Frau. Es ist eigentlich verboten, aber ich nehme Sie mit. Jedoch fahre ich nicht nach Mailand. Der Bus fährt nach Malcesine. Aber von dort gibt es Busse nach Verona. Mehr kann ich leider nicht tun für Sie.", sagte der Fahrer.

Birgit lächelte ihn an.

„Ich danke Ihnen. Ich danke Ihnen von ganzem Herzen."

Der 2000 Jahre Tross kam langsam zurück. Einer nach dem anderen stieg wieder ein. Minuten später hatte wieder jeder seinen Platz eingenommen. Der Fahrer zählte kurz durch und wies Birgit den Platz neben ihm zu. Dann fuhr er langsam los. Das Mikrofon klickte.

„Meine Damen und Herren. Sie fragen sich sicherlich gerade, wer diese bezaubernde junge Frau neben mir ist. Nun, sie gehört zu unserem Unternehmen und ist hier zugestiegen, um Sie bis zur Ankunft in Malcesine zu unterhalten."

Die Menge klatschte. Birgit hingegen war gerade ein wenig geschockt. Sie schaute zum Fahrer, der sie gerade etwas gequält anlächelte und ihr zunickte. Dann reichte er ihr das Mikrofon.

Capitolo tredici: Garda

An der Promenade von Garda herrschte herbstliche Stimmung. Die Trattorien und Restaurants waren alle gut gefüllt und das, obwohl die Hauptsaison seit einigen Wochen vorbei war. Auch hier hatte die Klientel gewechselt. Wo vor wenigen Wochen noch unzählige Familien mit ihren Kindern unterwegs waren, gingen jetzt meist Gäste weit ab des Renten-eintrittsalters spazieren und bevölkerten die Trattorien und Cafés.

Etwas abseits der ganzen Cafés und Restaurants saßen eine Gruppe von Einheimischen an der Promenade und hatten Ihre Angelruten ins Wasser gelassen. Die Stimmung war ausgelassen. Es wurde gelacht und ab und an herrschte auch einmal Stille. Die einzelnen Ruten der Angeln trieben lautlos und ruhig im Wasser des Sees.

Die Gruppe schaute auf den See hinaus. Eine der Ruten bewegte sich. Der Blinker der dritten Angel zog plötzlich in die Tiefe.

„Mamma mia. C'è qualcosa di grande sulla canna!", sagte einer der Männer.

Er nahm die Angel auf und fing an, die Leine einzuholen. Langsam und vorsichtig, Zentimeter für Zentimeter zog er die Leine ein. Der Widerstand wurde größer. Der Blinker der Rute tauchte unter. Der

Mann zog nun kräftiger. Ein weiterer kam zu Hilfe. Zu zweit zogen sie nun an der Angel.

„Deve essere un pesce davvero grande!"

"Quello o un sottomarino!", erwiderte ein weiterer.

Jetzt standen alle am Rand der Promenade. Mit vereinten Kräften zogen sie an der Angelrute. Der Fang näherte sich der Wasseroberfläche. Noch einmal zogen alle mit vereinten Kräften. Was jetzt zum Vorschein kam, war keineswegs ein Fisch, es war…. eine Leiche!

Erschrocken ließen die Männer die Angel wieder los. Sie fiel zu Boden und glitt langsam in Richtung See. Der leblose Körper war schon wieder unter Wasser.

Die Angel rutschte immer schneller in Richtung Kante.

Geistesgegenwärtig stellte sich einer der Männer auf die Angel und stoppte somit das neuerliche Versinken der Leiche im Gardasee.

Gut dreißig Minuten später waren die Wagen der Polizia und der Carabinieri vor Ort. Sie sperrten die Promenade rund um den Fundort weiträumig ab. Die Gruppe von Fischern hatte die Angelrute nicht mehr losgelassen, aber auch nicht mehr versucht diese einzuholen.

Der ebenfalls anwesende Wagen der Ambulanza war gerade damit beschäftigt, die Angler zu versorgen. Von der Seeseite näherte sich ein Boot der Wasserschutzpolizei. Noch bevor das Boot zum Stehen kam, sprang ein Taucher über Bord und näherte sich dem Ufer. Ein weiterer Taucher sprang ins Wasser. Gemeinsam hoben sie den leblosen Körper an und schleppten ihn zum Ufer.

Von Torri aus näherte sich ein weiterer Wagen. Der schwarze Alfa Romeo Guiletta hatte ein Blaulicht auf dem Dach. Am Steuer saß ein Uniformierter. Bevor der Wagen zum Stand kam, wurde die Beifahrertür aufgerissen.

Commissario Stefano Botatzi sprang hinaus und eilte zur Promenade. Sergente Tomasi di Gallo folgte, nachdem er den Wagen abgestellt hatte.

Beide standen nun vor dem mit einem weißen Tuch abgedeckten leblosen Körper.

Botatzi blickte zuerst auf das Tuch und dann auf den See.

„Commissario?"

Botatzi reagierte nicht. Di Gallo blickte ihn an.

„Commissario?"

Botatzi zuckte zusammen. Er schaute den Kollegen in dem Neoprenanzug an, sagte jedoch nichts.

„Möchten Sie ihn sich ansehen, Commissario?"

Er schüttelte den Kopf.

„Wir warten auf den Mediziner. Er wird uns nicht mehr weglaufen.", sagte Botatzi und entfernte sich ein paar Schritte.

„Das kann aber noch dauern Commissario!", hörte er den Taucher sagen.

Botatzi nickte. Er schaute die Promenade entlang. Di Gallo gesellte sich zu ihm.

„Was denken Sie, Commissario?", fragte di Gallo.

„Was ich denke? Sergente! Hört das denn niemals mehr auf? Die wievielte Leiche ist das jetzt? Und ich könnte wetten, dass sie etwas mit den letzten Vorfällen zu tun hat.", sagte Botatzi und blickte auf den See hinaus.

„Wir haben die Leiche doch noch gar nicht gesehen, Commissario!", sagte die Gallo.

Botatzi schaute den Sergente an. Dann wandte er sich ab und ging ein paar Schritte. An den weiträumigen Absperrungen hatten sich mittlerweile eine Vielzahl von Schaulustigen angesammelt. Sie alle schauten auf den leblosen Körper am Boden. Er war noch immer eingehüllt in ein weißes Laken. Am oberen Teil färbte es sich langsam rot.

Über die Straße Lungolago Regina Adelaide näherte sich mit hoher Geschwindigkeit ein alter Renault Laguna. Der Rost hatte bereits große Teile der Karosserie eingenommen. Der Motor heulte auf. Aus dem Auspuff stieg dunkler Rauch auf.

Der Wagen hielt nur wenige Meter entfernt des leblosen Körpers. Ein Mann stieg aus, holte eine Tasche vom Rücksitz und ging auf die Leiche zu.

„Ciao Leichenfledderer!", begrüßte Botatzi die Person.

„Das nimmt langsam gespenstische Ausmaße an, findest du nicht Commissario?", sagte dieser und kniete sich nieder.

Er zog das Tuch weg. Der leblose Körper, der ihn anblickte, sah ihn mit dunklen leeren Augenhöhlen an. Die Augen waren herausgerissen oder entfernt worden. Einzelne Sehnen und Hautkanäle hingen hinaus. Der Mund des Opfers war mit einem Faden zugenäht. Beides zusammen hatte etwas von einem billigen Horrorfilm. Aber der Ekelfaktor war bei dem Anblick extrem hoch.

Di Gallo würgte und drehte sich weg. Botatzi nahm ein Taschentuch hervor und hielt es sich vor Mund und Nase.

„Na na ihr zwei. Der schaut doch noch ganz gut aus. Da bin ich anderes gewohnt. Ein bisschen schlampig, was die Augen angeht. Das hätte man professioneller machen können. Und beim Mund wurde auch unsauber genäht.", witzelte Dottore Hugo Biassini.

Botatzi schaute schockiert zu dem Dottore.

„Na, jetzt übertreibst du aber, Leichenfledderer! Dein Blick, als du das Tuch weggenommen hast, war auch nicht gerade anteilnahmslos."

Der Dottore erhob sich langsam. Das Tuch ließ er wieder über den leblosen Körper fallen. Dann blickte er sich um. Als er entdeckte, was er suchte, fing er wild an zu winken. Zwei Männer in weißen Kitteln näherten sich.

„Da seid ihr ja. Bringt ihn zu mir. Ich muss mir den genauer anschauen. Aber seid vorsichtig, wenn ihr ihn aufnehmt."

Die beiden Männer nickten und verschwanden wieder.

„Was denkst du?", fing Botatzi an.

„Erst mal, dass er tot ist! Mausetot! Mehr kann ich dir noch nicht sagen. Ich muss ihn auf dem Tisch haben. Da kann ich ihn in aller Ruhe öffnen und schauen, was noch fehlt, außer die Augen natürlich."

Botatzi nickte. Di Gallo stand noch immer etwas abseits. Er war kreideweiß.

Der Commissario ging zu der ebenfalls abseits stehenden Gruppe von Männern, die den Leichnam aus dem Wasser gezogen hatten, oder besser gesagt an der Angel hatten.

„Buongiorno Signori. Sie haben die Person gefunden? Oder besser gesagt am Haken gehabt?"

Die Männer nickten stumm, ohne aufzublicken.

„Kennt jemand von Ihnen den Toten?", fragte er weiter.

Diesmal war es ein Kopfschütteln. Aber sagen wollte niemand etwas.

„So kommen wir, denke ich, nicht weiter."

Botatzi drehte sich weg und kam kurz darauf mit einer weiteren Person zurück.

„Signori. Das ist Monsignore Parelli. Wenn Sie alle von hier sind, dürfte er ja kein Unbekannter für Sie sein. Er wird sich Ihrer annehmen. Ich weiß, dass es nichts Alltägliches ist. Besonders dann nicht, wenn der Leichnam so entstellt ist. Der Monsignore wird sich jetzt um Sie kümmern und dann bitte ich Sie, sich in den nächsten Tagen bei der ansässigen Polizeistation zu melden und eine Aussage zu Protokoll zu geben."

Der Monsignore kam etwas näher. Er sagte nichts, sondern stand still und andächtig inmitten der Gruppe.

„Eine Sache noch Signori. Mein Sergente wird gleich zu Ihnen kommen und die Personalien festhalten. Alles weitere dann wie eben gesagt über die ansässige Polizeistation."

Damit war der Commissario fertig. Er nickte dem Monsignore noch stumm zu und entfernte sich ohne ein weiteres Wort. Er ging zu di Gallo. Dieser stand noch immer abseits, hatte mittlerweile aber schon wieder etwas Farbe im Gesicht.

„Gehen Sie gleich mal da rüber und nehmen Sie noch die Personalien auf. Der Monsignore wird sich erst einmal um die Herren kümmern."

Di Gallo nickte und machte sich langsam hinüber zu der Gruppe. Der Geistliche bekreuzigte sich und bat die Herren ihm zu folgen. Langsam machten sie sich auf in Richtung der Kirche.

Stefano Botatzi blickte ihnen einen Moment hinterher. Dann drehte er sich um und ging zu den Kollegen der Spurensicherung.

Capitolo quattordici: Malcesine

Luigi hatte seine Wohnung in aller Früh verlassen.
Natürlich nicht ohne mal wieder morgens im Bad zu
fluchen. Das war schon mehr so ein „Running Gag",
seit er damals in der Dusche ausgerutscht war. Jetzt
stand er gewöhnlich jeden Morgen beim Zähneputzen
und ließ einen Fluch los. Anfangs beschränkte er sich
nur auf die, die er kannte, aber mit der Zeit lernte er
neben italienischen, auch französische und englische
Flüche.
Alle hatte er fein säuberlich notiert und neben der
Toilette deponiert.

Bereits um 08:00 Uhr war Luigi in Limone. Natürlich
viel zu früh, um mit dem Boot hinüberzusetzen nach
Malcesine. Die ersten Boote fuhren meist gegen 09:00
Uhr ans gegenüberliegende Ufer.
Also schlenderte er ein wenig durch die ruhigen und
noch leeren Gassen, sowie der Promenade am alten
Hafen. Vor der Bar Al Porto blieb er stehen und
blickte abwesend ins Innere. Eine Stimme holte ihn
zurück.
„Luigi? Luigi Schifferle?", fragte eine Frauenstimme
hinter ihm.
Er drehte sich um und blickte in die wachen Augen
einer etwa achtzigjährigen Frau. Sie hatte weißes Haar
und strahlend grüne Augen. Die Haut war gebräunt,

74

aber sehr faltig. Luigi überlegte. Das schien die Frau zu bemerken und half ihm.

„Ich bins, die Josefa. Josefa Cabucci."

Luigis Blick wurde heller.

„Ach ja. Josefa. Nonna Josefa. Wie geht es dir?"

Die beiden redeten eine Weile. Dann verabschiedeten sie sich. Als Luigi außer Hör- und Sichtweite war, drehte er sich nochmals um und blieb stehen.

„Komisch, aber ich kann mich weiß Gott nicht an diese alte Frau erinnern. Aber irgendwoher muss sie mich kennen.", sagte er zu sich selbst, schüttelte den Kopf und ging langsam weiter Richtung Hafen.

Gut eine Viertelstunde später stand er zusammen mit einigen anderen in der Schlange am Anleger und wartete auf das Schiff aus Riva. Ganz weit entfernt auf der anderen Seite des Sees war es zu sehen. Es fuhr langsam und gemächlich daher. Weitere fünf Minuten später bog es langsam auf Limone zu und nahm jetzt direkt Kurs auf den kleinen Hafen.

Die San Marco war ein kleineres und schon etwas in die Jahre gekommenes Schiff der Navigarda Flotte. Von der Sorte gab es noch einige mehr hier am See. Und alle hatten sie so wunderschöne Namen wie Verona oder Sefarino.

Mit einer kleinen Verspätung legte das Boot wieder ab und verließ qualmend wieder den kleinen Hafen von Limone. Gut zwanzig Minuten später machten sie in Malcesine fest und Luigi verließ das Boot. Er machte sich sogleich auf in die alten und verwinkelten Gassen von Malcesine.

Bis zu seinem Besichtigungstermin war noch ein wenig Zeit und so setzte er sich in ein kleines Café und bestellte erst einmal einen Cappuccino und eine Brioche mit Pistaziencremefüllung.

So langsam füllten sich die schmalen Gassen des Ortes. Immer mehr Touristen strömten von der Seeseite herein. Die Parkplätze im oberen Teil füllten sich ebenfalls recht schnell und auch von dort strömten jetzt immer mehr Menschen in die Gassen.

Luigi bezahlte und machte sich langsam auf den Weg zu seinem Termin. Er war lieber etwas früher vor Ort. Auch wenn die Mentalität der Italiener das genaue Gegenteil widerspiegelte.

Minuten später stand er in der Via Bottura vor einem alten unscheinbaren Haus mit einem großen alten Holztor. Nichts, aber rein gar nichts, ließ von außen vermuten, dass hinter diesen Mauern und dem Holztor eine kleine Goldgrube schlummerte. Hinter diesen Mauern war der Grund, weshalb Luigi so früh am Morgen aufgebrochen war.

Er drückte gegen das alte Holztor. Es knarzte. Aber es bewegte sich keinen Millimeter. Luigi drückte noch einmal gegen das Holztor. Diesmal etwas stärker. Es knarzte wieder, fing sich aber an, langsam zu bewegen. Luigi lehnte sich mit voller Kraft dagegen. Zentimeter für Zentimeter bewegte sich das Tor nun.

Das Knarzen wurde immer greller, immer lauter. Dann eine dumpfe Vibration. Wie von Geisterhand ließ sich das Tor nun ganz leicht öffnen. Luigi stieß es auf. Dann blickte er auf einen wunderschönen Innenhof. Noch schöner als er es auf Bildern gesehen hatte. Es ließ sich nur erahnen, wie wunderschön die Fläche einmal erstrahlen würde.

„Mamma mia. Vertiginoso!"

Mehr brachte Luigi nicht hervor. Noch immer starrte er auf den Innenhof.

Luigi blieb im Torbogen stehen. Im hinteren Teil erblickte er das eigentliche Herzstück der Immobilie. Das Lokal war klein und würde nur für knapp 25 Personen Platz bieten. Luigi malte sich aus, wie er hier besondere kulinarische Kreationen in einem einzigartigen Ambiente für Touristen und auch Einheimische auf den Teller zaubern würde.

Livemusik am Wochenende und in der Hauptsaison auch allabendlich würde die Gäste verzaubern.

Luigi malte sich alles aus. Er schwelgte in Gedanken und merkte gar nicht, dass er seit geraumer Zeit nicht mehr allein war. Ein großer, schlanker Mann stand etwas abseits und beobachtete ihn. Er hatte schwarze lockige Haare und einen dichten Bart.

Als Luigi ihn bemerkte stand er neben ihm.

„Signore Schifferle?"

„Si. Ich bin Schifferle.", antwortete Luigi.

„Va bene. Mein Name ist Rossi. Matteo Rossi. Wir haben glaube ich einen Termin.", sagte der Mann in gebrochenem Deutsch.

Die beiden Männer gaben sich die Hand. Dann verschwanden beide im Inneren.

Luigi schaute sich die Küche an. Sie war nicht die modernste, hatte aber alles, was nötig war. Alles war zwar ein wenig eingestaubt, aber nicht verdreckt.

Er ging in den großen Raum. In einer Ecke standen die Tische und Stühle. Hier hatte der Zahn der Zeit etwas mehr daran genagt. Das Mobiliar hatte einige Macken und Gebrauchsspuren.

Aber es ging ja in erster Linie um das Lokal. Und das wäre perfekt.

„Signore Schifferle. Ich mochte ehrlich sein zu Ihne. Ich habe naturlig noch ander Interesente. Und ich mochte am liebste eine italienisch Partner fur mein Lokal."

Luigi hatte bereits mit solch einer Ansage gerechnet. Er hatte sich natürlich im Vorfeld über diesen Signore Rossi informiert. Und wusste natürlich, dass er lieber einen Italiener als Pächter für sein Lokal hätte.

Aber Luigi wäre nicht Luigi, wäre er nicht vorbereitet darauf.

„Signore Rossi. Auch ich möchte ehrlich sein zu Ihnen. Ich habe noch ein anderes Lokal in der engeren Auswahl. Und ob es jetzt dieses hier wird, oder das Ristorante Benvenuto…"

Luigi machte eine Pause und beendete diesen Satz absichtlich nicht. Es schien zu wirken. Matteo Rossi zog die Augenbrauen hoch. In seinem Hirn ratterte es. Er hatte natürlich keinen italienischen Interessenten in der Hinterhand. Nur einen Türken, der eine Dönerbude daraus machen würde, sowie einen Albaner ohne eigentliches Konzept.

Auch Luigi hatte ein wenig geschummelt. Das Ristorante Benvenuto existierte, aber er war nie dort gewesen, um es sich anzuschauen und womöglich zu pachten.

Luigi zockte ohne Plan B. Aber sein Spiel schien aufzugehen. Signore Rossi wurde schwach.

„Signore Schifferle. Lasse uns Nacht schlafen und … wie sagte man… unse dann entscheide.", sagte Rossi und blickte Luigi an.

Schifferle nickte ausdruckslos, setzte dem aber noch eines drauf.

„Gerne Signore Rossi. Aber sollte ich später im Benvenuto den Zuschlag bekommen, lasse ich ihrem italienischen Wunschkandidaten gerne den Vortritt und werde das andere nehmen."

Wieder sah Luigi wie das Hirn von Rossi arbeitete.

„Momento Signore Schifferle. Ich telefoniere.", sagte er und verschwand nach draußen.

Kurz darauf kam er zurück. Luigi stand regungslos in der Mitte des Raumes. Er schaute Rossi an.

„Signore Schifferle! Der ander wurde verzichte. Wenn sie wolle, das Lokal ist ihre."

Luigi zog die Augenbrauen nach oben.

„Signore Rossi, das ist ja… Ich bin sprachlos. Natürlich nehme ich dieses hier gerne…"

Matteo Rossi lächelte erleichtert.

„…wenn wir uns finanziell einig werden!", schob Luigi noch hinterher.

Rossis Lächeln verzehrte sich nun ein wenig.

„Si, Signore Schifferle. Das werde wir bestimmt."

Capitolo quindici: Residence Villa Rosa Garda

Paolo hatte die letzten zwei Stunden in seinem Büro verbracht und die Neuankömmlinge an die Regierung in Rom gemeldet. Dies musste er spätestens 24 Stunden nach der Ankunft erledigt haben. Andernfalls würde er eine empfindliche Strafe seitens der Regierung bekommen und im schlimmsten Fall seine Genehmigung riskieren, sollte dies öfters vorkommen. Da war er äußerst penibel. Ebenso in der Belegung der Apartments. Niemals erlaubte er eine Überbelegung. Es durften nur so viele in die Apartments, wie vorher festgelegt und an die Regierung gemeldet waren.

Paolo hatte sein Büro im Haupthaus verlassen und war auf dem Weg zurück zum Kyosk One. Einige wenige

Tische waren belegt. Er grüßte freundlich und verschwand hinter dem Tresen. Dort standen Valeria und Yvonne.

„Il messaggio a Roma è uscito."

Seine beiden Frauen nickten nur. Paolo verließ das Kyosk One wieder und machte sich auf Richtung Osvaldo. Modi kam ihm zuvor und kreuzte seinen Weg.

„Scusi Paolo. Kann ich etwas fragen?", fragte dieser.

Paolo blieb stehen und lächelte.

„Si, bene."

Modi nickte und bat Paolo an einen der freien Tische. Er nahm Platz und auch Paolo setzte sich.

„Prego, was kann ich tun?", fragte Paolo und lächelte.

„Nun, ich habe gehört, dass es hier in der Vergangenheit turbulent zuging. Bitte verstehen Sie mich nicht falsch, Paolo. Wenn es mich gestört hätte, hätte ich die Buchung storniert. Aber es interessiert mich einfach. Man hat doch das ein oder andere gelesen. Im Internet und auch in den Zeitungen! Und auch erzählt wurde so einiges.", fing Modi an.

Paolo schaute ihn an.

„Nun, was möchte du höre, was du nicht vielleicht bereits gelesen oder gehört hast? An was genau bist du interessierte? Bitte verstehe, dass ich nicht gerne reden über das, was hier geschehe ist. Es sind unschöne Dinge passiert, die uns viele schlaflos Nächte bereitet haben. Und auch schaden war für uns. Achille war verschwunden und tauchte einige Tage später wieder auf, Wissen aber nicht, wo er genau war. Er war einfach wieder da.", fing Paolo an.

Modi schaute ihn an.

„Mich interessiert nicht die Geschichte mit deinem Hund oder dem jungen Pärchen, was wie sagt man, ein kleines intimes Problem hatte. Mich interessiert der Tote in dieser Anlage.", rückte Modi jetzt ganz unverblümt heraus.

Paolo erschrak innerlich. Wer war dieser Mann, der ihm gerade gegenübersaß? Warum wollte er alles über den Toten wissen? Für einen Bruchteil einer Sekunde war es ganz still. Aber Paolo fing sich erstaunlich schnell.

„Darüber gibt nichts zu sagen. Alles was zu sagen gab, stand in Zeitungen."

Paolo stand auf und verließ den Tisch, an dem er gerade noch mit Modi saß.

„Haben Sie was gefunden? Einen Umschlag oder ein Päckchen?", fragte er noch.

Paolo aber hörte bereits nicht mehr zu. Er blickte nochmals kurz zu Valeria und Yvonne, die ihn mit großen Augen ansahen.

Modi blieb noch einen Moment sitzen. Dann erhob er sich und ging zur Theke. Valeria blickte ihn an. Yvonne verschwand in der Küche.

„Signora, vielleicht können Sie sich ja noch erinnern an den Toten hier in ihrer Anlage?", fragte Modi mit leiser Stimme.

Valeria blickte ihn an.

82

„Scusi, come posso aiutarli?", fragte sie und schaute ihn nichtssagend an.

Modi drehte sich um und verließ ohne ein weiteres Wort den Poolbereich.

„Mamma, perfetto. Dem hast du es aber gezeigt.", kam Yvonne aus der Küche nach vorne.

Valeria grinste, musste aber gleichzeitig an die Frage und das Gespräch zwischen ihrem Mann und diesen komischen Typ denken. Sie schüttelte den Kopf.

„Dobbiamo stare attenti!", sagte sie noch und verließ das Kyosk One in Richtung Wohnung.

Yvonne blieb allein und etwas ratlos zurück. Von Modi war nichts mehr zu sehen. Er war wie vom Erdboden verschwunden.

Paolo war in das kleine Büro am Treppenaufgang gegangen und hatte aus sicherer Entfernung gesehen, wie dieser Modi erst seine Frau ansprach und dann kurz darauf wortlos in seinem Apartment verschwand. Er hatte ein ungutes Gefühl. Ein seltsamer Kauz. Vielleicht auch gefährlich. Seltsame Gäste hatten sie immer mal welche. Sie waren aber eher die Ausnahme. Aber an solch eine Art von Gast konnte er sich nicht erinnern. So etwas hatte er noch nicht in der Residence Villa Rosa gehabt. Jedenfalls nicht, seit er hier Chef war.

Wieder schaute Paolo nach draußen. Ihm war, als sei weiter hinten zwischen den Autos ein Schatten gewesen. Er kniff die Augen zusammen. Nichts! Hatte er sich vertan, oder spielte die Sonne ihm einen Streich?

Paolo dachte zurück. Zurück an die Tage, als hier in der Residence der Ausnahmezustand herrschte. Nein, nicht während der Pandemie. Nein, er meinte, nachdem der Tote in seinem Pool gefunden wurde. Waldemar Meier! Dieser war genauso unheimlich wie dieser Modi gewesen.

Aber im Gegensatz zu Modi, war Meier harmlos gewesen. Unheimlich, aber harmlos.

Ihn überkam ein seltsames Gefühl. Irgendwie wurde er den Gedanken nicht los, dass dieser Modi und Waldemar Meier irgendwie was miteinander zu tun hatten. Aber was?

Paolo hatte kein gutes Gefühl bei dem Gedanken an die beiden Männer. Er ging in sein anderes Büro. Das, in dem die ganze Überwachungstechnik der Anlage stand. Er stellte die Anlage sensibler ein und entschied sich, die Tore ab sofort früher zu schließen. Seine Wohnung, sowie Teile der Anlage ließ er intensiver überwachen und aktivierte auch die Notfallalarmierung. Diese war dazu da, dass im Falle einer Auslösung direkt die Polizia alarmiert wurde und nicht erst durch ihn oder einen anderen der Familie informiert werden musste.

Dann verließ er wieder das Büro und ging nochmals hinüber zum Kyosk One, wo Yvonne und Valeria mittlerweile alle Hände voll zu tun hatten.

Capitolo sedici: Irgendwo am Westufer

Der Alfa Romeo von Botatzi und di Gallo fuhr die Gardesana Orientale in Richtung Norden. Sie hatten, nachdem der Leichnam abtransportiert wurde, noch eine Weile am Ufer gestanden. Seelsorger der umliegenden Gemeinden, sowie Ärzte hatten sich um die Angler gekümmert, die von Minute zu Minute immer mehr realisierten, was sie dort am Haken hatten. Monsignore Parelli hatte, nachdem er in der Kirche war, telefoniert und Unterstützung herbeigerufen.

Die Identität des Toten war noch immer unklar. Er hatte keine Papiere dabei und auch ein Mobiltelefon suchte man vergebens. Hier gab es zwei mögliche Ursachen, die sowohl von Botatzi und di Gallo, als auch vom Gerichtsmediziner in Erwägung gezogen wurde. Entweder die Dinge gingen durch die Strömung im See verloren, oder wurden dem Toten vorab entwendet, um genau das zu vermeiden, dass man die Identität schnell und ohne große Recherche feststellte.

Jetzt lag es erst einmal wieder an den Fähigkeiten des Leichenfledderers die DNA zu ermitteln und damit vielleicht in irgendeiner Kartei etwas zu finden.

Stand die DNA erst einmal fest, war es ein leichtes bei der Europol, Interpol und auch bei den Staaten der europäischen Union eine Abfrage zu starten, die in der Regel innerhalb weniger Stunden abgeschlossen war. Vorausgesetzt es war kein Einheimischer. Fand man darüber nichts, gab es noch die Möglichkeit, in einem Zentralregister des Roten Kreuzes eine Abfrage in die Wege zu leiten. Hier war aber meist erst nach mehreren Tagen mit einem Ergebnis zu rechnen.

Di Gallo lenkte den Wagen durch Torri del Benaco weiter die Gardesana entlang. Es war recht wenig los und so konnten sie etwas schneller als gewöhnlich die Staatsstraße Richtung Norden nehmen.

„Was denken Sie Sergente? Wieso schon wieder eine Leiche? Das wird irgendwie zu einer lästigen Angewohnheit hier bei uns am Lago!“, sagte der Commissario in die Stille hinein.

Di Gallo zog eine Schnute und blickte erst zum Seitenfenster hinaus und dann zu Botatzi.

„Das ist eine gute Frage Commissario. Andere Touristengegenden haben es meist mit Diebstahl und Körperverletzung zu tun und wir hier am Lago seit einiger Zeit mit Leichen. Ich weiß nicht, ob man es als lästig bezeichnen kann, aber eigenartig ist es schon. Wir schnappen welche, wir eliminieren welche, aber irgendwie kommen die bösen Buben immer wieder nach. Wie in einem schlechten B-Movie oder einem Computerspiel.“

Botzati nickte und es herrschte wieder Stille. Diese wurde allerdings jäh unterbrochen durch das Klingeln des Mobiltelefons.

„Botatzi! Si. Was gibt es Hugo? Aha. Si. Das ist ja interessant. Ja, halt mich bitte auf dem Laufenden. Ciao Hugo."

Botatzi legte auf und steckte sein Handy wieder in die Innentasche.

„Das war unser Leichenfledderer.", fing er an.

„Er sagte, ihm ist die ganze Fahrt über, ein Gedanke nicht aus dem Kopf gegangen. Die Art und Weise wie der Tote zugerichtet war. Er sagte, er hätte dies einmal bei einer Weiterbildung durchgenommen. Er tippt auf Mafia oder…"

Botatzi stockte.

„…die Organisation?", vollendete di Gallo und fuhr abrupt rechts ran.

Die Fahrzeuge hinter ihnen hupten und zogen an ihnen vorbei. Botatzi öffnete die Tür und stieg aus. Er atmete tief ein.

„Nicht schon wieder. Bitte nicht schon wieder. Hat das denn gar kein Ende.", murmelte er.

Sein Mobiltelefon klingelte erneut. Er griff in die Innentasche und holte es raus. Susanna Luca leuchtete auf. Botatzi verzog das Gesicht.

„Die hat mir gerade noch gefehlt."

Di Gallo war mittlerweile auch ausgestiegen und blickte auf den See.

„Dottoressa!"

„Botatzi, hören Sie!", ertönte ihre Stimme am anderen Ende.

„Ich hatte gerade einen Anruf aus Verona. Man hat Hans Vogtländer tot in seiner Zelle gefunden. Mit zugenähtem Mund und ohne Augen."

Botatzi ließ das Handy sinken.

„Commissario? Botatzi? Sind Sie noch dran?", hörte er die Dottoressa rufen.

Botatzi nahm den Hörer wieder ans Ohr.

„Ich bin noch da. Wann ist das passiert? Und wer hat ihn gefunden?"

Er hörte zu was seine Chefin sagte. Er nickte mehrmals, ohne jedoch etwas zu sagen.

„Dottoressa, wir haben vor knapp einer Stunde den Toten bei Garda abtransportieren lassen. Dieser hatte die gleichen Verletzungen wie unser Hans Vogtländer. Das kann doch kein Zufall sein!", sagte Botatzi und stieg wieder in den Wagen.

„Nein Commissario, das ist kein Zufall. Fahren Sie zurück nach Garda. Wir brauchen Informationen. Rom hat sicherlich schon Wind von der Sache in Verona bekommen. Und wenn die herauskriegen, dass wir hier auch wieder so eine Leiche haben, dann wimmelt es hier diesmal aber nur so von diesen Schreibtischkriegern. Und das wollen Sie nicht, und ich erst recht nicht!"

Stille! Dann ein Klacken, gefolgt von einen Tut Tut. Susanna Luca hatte aufgelegt.

Di Gallo saß ebenfalls wieder im Wagen und blickte Botatzi an.

„Tja Sergente. Der Besen meinte, wir sollen zurück nach Garda."

Di Gallo grinste, startete den Wagen und wendete. Minuten später waren beide wieder auf dem Weg Richtung Garda.

Capitolo diciassette: Residence Villa Rosa Garda

Die Sonne brannte vermutlich ein letztes Mal in dieser Stärke vom italienischen Himmel. Auch der Pool war noch so aufgeheizt, dass es sich lohnte tagsüber und solange die Sonne draufschien, hineinzugehen. Das taten auch wirklich noch einige Gäste.

Der Großteil jedoch lag auf den bereitgestellten Liegen und sonnte sich. Auch Frieda Butzkamp und Manfred Schwäbele lagen auf einer solchen Liege. Und dies schon seit einiger Zeit.

„Müssen wir den ganzen Tag hier liegen? Mir ist langweilig!", fragte Manfred seine Schwiegermutter.

Sie drehte für einen Augenblick den Kopf herum und schaute ihn nichtssagend an. Dann wendete sie ihn wieder und blickte in die andere Richtung.

Frieda Butzkamp trug einen einteiligen schwarzen Badeanzug, der unterhalb der Brust einen pinken durchgehenden Streifen hatte. Manfred trug eine weite, etwas längere Badehose, sowie ein weißes Feinripp Unterhemd.

Ihre Liege war in unmittelbarer Nähe des Kyosk One. Außer ihnen waren nur noch ein älteres Ehepaar, sowie zwei Frauen mittleren Alters auf der Wiese. Direkt am Pool hatte es sich diese Gruppe von Männern aus Apartment Nummer 8 bequem gemacht. Alle waren glattrasiert und hatten bereits eine feine Bräune. Ihre Körper schienen kein unnötiges Gramm Fett zu haben und Haare suchte man auf ihren Körpern vergebens. Zwei von ihnen hatten sogar ein richtiges Sixpack.

Frieda hatte allerdings keine Augen für diese Gruppe. Sie hatte es auf jemand ganz anderen abgesehen.

Dieser jemand stand hinter der Theke des Kyosk One, Paolo!

„Haaaaaaaaa.", seufzte Frieda und schaute hinüber zu ihm.

„Was für ein Mann. Ein richtiger Italiener. Bei dem könnte ich noch einmal so richtig schwach werden.", sagte sie und blickte noch immer wie elektrisiert zu ihm.

„Frieda, bitte! Benimm dich. Und außerdem, was sind das für Worte? In deinem Alter!", tadelte Manfred sie.

Frieda wandte nun den Blick ab von Paolo und schaute pikiert zu ihrem Schwiegersohn.

„Was heißt hier in deinem Alter? Ich bin topfit und alles an mir funktioniert noch. Vielleicht nicht mehr in jeder Position, aber…"

Weiter kam sie nicht. Manfred, der gerade gelangweilt einen Schluck aus seinem Becher mit Aperol nahm, verschluckte sich und hustete laut los. Dabei spuckte er den größten Teil seines Aperitifs wieder aus.

„Frieda Eleonore Butzkamp, bitte! Das ist ja ekelhaft! Und das in deinem Alter."

„Was heißt hier in deinem Alter! Ich bin in den besten Jahren. Und außerdem… Auf alten Besen reitet es sich gut, oder so ähnlich! Und ich bin ein tadelloser Besen!"

Manfred Schwäbele sprang auf und blickte sich peinlich berührt um. Das hatte sie jetzt nicht gesagt? Das hatte seine Schwiegermutter jetzt nicht tatsächlich gesagt? Das ältere Ehepaar blickte gelangweilt zu ihm hinüber. Er schaute zu Boden und setzte sich gleich wieder hin.

„Schwimu! Es wäre schön, wenn du dich deinem Alter entsprechend aufführen würdest und nicht wie ein notgeiler Teenager, der seine Hörner abstoßen will.", flüsterte er.

„Mani Schätzchen. Ich…"

„Und nenn mich nicht Mani Schätzchen.", sagte er in einem schrillen Ton.

Das gelangweilte Ehepaar blickte wieder hinüber und schüttelte den Kopf.

„Mani… Manfred, ich benehme mich ganz normal. Ich liege auf meiner Liege und genieße die Zeit hier am Pool."

Manfred wollte schon wieder aufstehen, sank aber in letzter Sekunde wieder zurück auf seine Liege.

„Nein, das tust du nicht. Du gaffst ständig zu diesem Italiener hinter der Theke und stöhnst und seufzt. Die Leute um uns herum schauen schon ständig.", sagte Manfred.

„Sie schauen, weil du dich wie ein steifer typischer Deutscher benimmst. Sei locker mein Junge. Ich bin es auch. Und wenn ich meinen dritten Frühling ausleben will, dann tue ich das. Und ich lasse mich ganz bestimmt nicht von dir daran hindern. Und wenn es dir nicht passt, dann geh einfach.", sagte Frieda Butzkamp mit einem giftigen Grinsen.

Der Gruppe aus Apartment 8 war das peinliche Verhalten von Manfred nicht entgangen.

„Jetzt schau doch nur. Der ist ja total peinlich. Wie der mit der älteren Dame redet.", sagte Hans Kramer, einer der Männer.

„Ich finde ihn süß. Der hat was.", meinte ein anderer, der Oliver hieß.

„Mädels, bitte! Benehmt euch. Wir waren uns doch einig, hier nicht aufzufallen. Wir sind eine Gruppe Männer, die hier einen gemeinsamen Urlaub verbringen. Und nicht eine notgeile Tuntentruppe aus St. Pauli!", sagte Lothar Hartmann.

Dabei blickte er selbst verstohlen zu Manfred Schwäbele hinüber.

„Aber sind wir das nicht? Eine notgeile Tuntentruppe aus St.Pauli?", fragte Oliver Jahnke.

Alle nickten kleinlaut und zogen an ihren Cocktails. Dann beschäftigten sie sich wieder mit anderen Dingen. Lothar, jedoch schaute nochmals in Richtung von Frieda Butzkamp und Manfred Schwäbele.

Frieda hatte es sich wieder auf der Liege bequem gemacht und blickte zum Kyosk One. Dort stand noch immer Paolo. Sie schmachtete ihn regelrecht an.

„Man könnte meinen du ziehst ihn gerade aus!", wurde sie unsanft aus den Gedanken gerissen.

„Ja, das hätte ich, wenn du mich nicht schon wieder gestört hättest. Ich war bereits…"

Sie hielt inne und schaute in eine andere Richtung. Als sie wieder den Kopf drehte war Paolo nicht mehr da. Sie konnte ihn gerade noch so am Ende des Pools erblicken.

„Das hast du ja ganz toll hinbekommen, Manfred Schwäbele. Vielen Dank!"

Dieser grinste nur und legte sich wieder auf seine Liege.

Capitolo diciotto: Malcesine

Der Bus von Sachsen Idealtours hielt unweit der imposanten Kirche am großen Kreisel in Malcesine.

Noch bevor der Bus zum Stehen kam, standen eine Vielzahl der Innsassen bereits an den beiden Türen.

Birgit Schnippel-Limbach verharrte noch immer auf ihrem Platz neben dem Fahrer. Immer mehr Fahrgäste drängten sich zu den beiden Türen.

Minuten später war der Bus leer. Na gut, leer stimmte nicht ganz. Birgit und der Fahrer, der sich kurz nach dem Start am Brenner als Rainer vorstellte, saßen noch immer an ihrem Platz. Birgit hatte die letzten Stunden wirklich alles gegeben. Sie hatte das Mikrofon noch auf dem Rastplatz übernommen und seitdem die knapp 2000 Jahre unterhalten.

„Birgit, das war einfach super mit dir. Du hast die betagten Gäste perfekt unterhalten."

Rainer hielt ihr eine Tasse hin. In ihr waren Münzen und einige Scheine.

„Nein! Nein, das ist deins."

Er schaute sie an.

„Nimm es, du hast es dir wirklich verdient. Ohne dich hätte ich all das tun müssen. Und du warst einfach spitze und hast es dir mehr als verdient.", sagte Rainer.

„Aber, aber ohne dich wäre ich jetzt nicht hier. Du hast mich mitgenommen, obwohl es eigentlich nicht erlaubt war, von deinem Arbeitgeber. Du hast dich einem so hohen Risiko ausgesetzt Rainer.", versuchte Birgit zu erklären.

Rainer hielt ihr wortlos noch immer die Tasse hin. Er nickte ihr zu. Birgit hatte plötzlich Tränen in den Augen. Sie nahm den Inhalt der Tasse. Dann umarmten sich beide.

„Ich werde niemals vergessen, was du für mich getan hast. Danke!"

Dann stieg Birgit aus dem Bus und verschwand, ohne sich nochmals umzudrehen in der Menge der Menschen, die sich durch die Unterführung drängten.

Minuten später war sie in den schmalen Gassen von Malcesine verschwunden.

Luigi Schifferle machte sich langsam auf zum Hafen. Er war zufrieden mit dem Ergebnis seines Treffens. Wenn alles gut gehen würde, war er in wenigen Tagen stolzer Besitzer eines zweiten Restaurants. Es waren nur noch Kleinigkeiten zu klären. Und auch die anfängliche Abneigung von Matteo Rossi, einen Deutschen als Pächter zu nehmen, hatte sich weitestgehend in Luft aufgelöst.

Luigi hatte ein gutes Gefühl und auf seine Gefühle konnte er sich immer verlassen. Noch nie hatte er sich getäuscht.

Er ging die enge Gasse der Via Dosso hinunter.

Schleppend und langsam lief er hinter einer Gruppe älterer Touristen her. Er hatte noch etwas Zeit. Sein Schiff würde erst in knapp dreißig Minuten gehen.

Und sollte er dieses nicht bekommen, würde kurz darauf ein weiteres in Richtung Limone starten.

Den Rest des Tages würde er in seinem Restaurant in Tignale verbringen. Heute stand mal wieder seit Langem ein Treffen mit Stefano Botatzi an. Beide trafen sich alle paar Wochen, meist bei ihm im Restaurant. Ansonsten hatten sie immer mal wieder losen Kontakt per SMS oder WhatsApp.

Von hinten verspürte er plötzlich einen stumpfen Schmerz in seiner rechten Achillesferse. Luigi schrie leise auf und knickte weg. Er konnte gerade noch so sein Gleichgewicht halten.

„Sorry, sorry. I hope you are ok. It was my mistake Sir.", hörte er eine weibliche Stimme hinter ihm.

Luigi drehte sich um. Vor ihm stand Birgit Schnippel-Limbach, der es sichtlich peinlich war, was gerade passiert war. Sie hatte nicht aufgepasst und war Luigi zuerst in die Ferse gerannt und hatte ihn dann auch noch gestoßen, so dass er wegknickte.

Seine grimmige Miene hellte sich sogleich auf und er hatte trotz des Schmerzes sogar ein Lächeln übrig.

„No problem, Miss. I am ok."

„Der Schmerz lässt langsam nach.", schob er leise hinterher.

„Sie sprechen Deutsch? Das freut mich. Ich... Ich... Es tut mir wirklich wahnsinnig leid. Ich war ein wenig überheblich und dann auch noch tollpatschig. Und auch ein wenig abwesend", sagte sie an Luigi gerichtet.

„Gleich drei gute Gründe, warum es passiert ist.", sagte er.

Luigi lächelte sie an. Birgit lächelte peinlich berührt zurück.

„Alles gut. Der Schmerz lässt schon wieder nach. Sie haben genau die Achillessehne erwischt. Aber es geht schon wieder. Und dann ist es hier ja auch immer sehr voll und der Belag der Gasse auch noch uneben.", erklärte Luigi.

Sie nickte und lächelte noch immer. Das alles geschah in der schmalen Gasse. Die Touristen drängten sich zu beiden Seiten an Luigi und Birgit vorbei. Jetzt erst bemerkten sie es und schleppten sich an den rechten Rand. An die Hauswand gelehnt, massierte Luigi seine Ferse. Der Schmerz ließ jetzt merklich nach.

„Sie machen Urlaub hier?", fragte er.

„Wer? Ich?", fragte Birgit zurück.

Luigi schaute sich um. Dann sah er wieder zu Birgit.

„Wir haben uns gerade unterhalten? Niemand anderes ist gerade hier!", stellte er schelmisch fest.

Sie blickte einen kurzen Augenblick zu Boden.

„Na, alles gut. Es war ja nicht so gemeint.", schob er sogleich hinterher.

Sie blickte ihn wieder an.

„Ich bin gerade erst angekommen. Ja! Ja, ich mache Urlaub hier.", schwindelte sie Luigi an.

Er nickte. Noch immer drängten Menschenmassen die schmale Gasse hinauf und hinunter.

„Ich muss dann langsam weiter. Ich wünsche Ihnen noch einen schönen Aufenthalt hier in Malcesine und am Lago."

Birgit Schnippel-Limbach nickte. Sie verspürte eine Wärme. Ein Gefühl, welches sie schon so lange nicht mehr hatte, wenn Sie sich mit einem Fremden, für sie attraktiven Mann unterhielt.

„Danke. Den werde ich sicherlich haben. Ich wünsche Ihnen auch alles Gute und nochmals Entschuldigung wegen den Unannehmlichkeiten.", sagte sie.

Luigi winkte ab, lächelte ihr zu und hob die Hand zum Gruße. Dann reihte er sich nahtlos in die Menge ein, die die Via Dosso hinunter ging. Sekunden später war Luigi verschwunden. Birgit stand allein, noch immer an der Wand, stehend und blickte hinterher.

Jetzt, in diesem Moment, ärgerte sie sich, dass sie ihn nicht nach dem Namen gefragt hatte.

Capitolo diciannovo: Garda - Bardolino

Der Alfa Romeo war kurz vor Garda, als das Handy klingelte. Botatzi nahm ab.

„Si Sergente, wir kommen. Sind gerade in Garda."

Di Gallo blickte den Commissario fragend an, als dieser aufgelegt hatte.

„Fahren Sie durch nach Bardolino, Sergente. Garda kann warten. Es gibt weitere Tote in Bardolino. Vier, um genau zu sein!"

Botatzi öffnete das Fenster und befestigte das Blaulicht auf dem Dach, während der Sergente den Alfa beschleunigte. Minuten später fuhr der Wagen über einen Schotterweg auf die Promenade. Der Bereich war bereits weiträumig abgesperrt.

Schaulustige standen an der Absperrung. Mehrere Beamte der Polizia Locale hatten Mühe, die Massen daran zu hindern, noch näher an den Tatort vorzudringen. Immer wieder klickten Fotoapparate und Handylichter blitzten auf. Ohne ein Hellseher zu sein, konnte man erkennen, dass die meisten Schaulustigen Touristen sein mussten.

Di Gallo parkte den Alfa direkt hinter der Absperrung. Botatzi und er verließen das Fahrzeug und gingen zu dem Teil, der durch Sichtschutzplanen abgesichert war. Dahinter befand sich ein Weinstand. Es war der Stand der Bergwacht.

Mehrere Beamte waren anwesend. Auch die Spurensicherung war bereits vor Ort und sicherte erste Beweise. Ein Arzt aus Bardolino unterstütze ebenfalls, da die angeforderte Gerichtsmedizin mal wieder im Verkehr feststeckte.

„Ciao Commissario.", wurde Botatzi von einem älteren Beamten begrüßt.

Dieser nickte einmal wortlos in die Runde und näherte sich dem Pulk von Beamten. Er wurde durch einen weiteren Beamten gestoppt.

„Der Anblick ist kein schöner Commissario!"

Botatzi und di Gallo schoben den Beamten beiseite und standen jetzt direkt vor dem Stand.

Auf der Theke, wo eigentlich in den kommenden Tagen Gläser und Flaschen stehen sollten, färbte Blut das Holz. Mehrere menschliche Augen lagen in der linken Ecke und blickten Botatzi und di Gallo an.

Der Sergente fing an zu würgen.

„Gehen Sie raus Sergente, wenn Sie es nicht ertragen können.", sagte der Commissario.

Auf der anderen Seite lagen mehrere Fingerkuppen. Dazu blutige Nägel, die sich von der Kuppe gelöst hatten.

„Es geht schon Commissario."

Wieder musste di Gallo würgen. Diesmal allerdings nicht ganz geräuschlos. Er hustete wie eine Katze, die ihre Haare hinaufwürgte. Einige Kollegen schauten erschrocken zu di Gallo.

„Wo ist der Dottore?", fragte Botatzi um die Situation ein wenig zu entzerren.

Hinter der Theke kam ein Mann zum Vorschein.

„Hier Commissario. Ich bin Dottore Manfredi. Praktischer Arzt hier aus Bardolino."

Botatzi nickte ihm zu.

„Können Sie schon etwas sagen zu diesem… Naja… Diesem Vorfall hier?", fragte er.

Der Dottore kam etwas näher. Er war bereits älter, hatte eine Halbglatze, die von einem grauen lockigen Haarkranz umgeben war. Er trug eine kleine Lesebrille. Seine buschigen Augenbrauen wuchsen wild und hatten noch einige dunkle Haare, die allerdings immer weniger wurden. Der Dottore trug Latexhandschuhe, die jedoch extrem blutig waren.

„Nun ja Commissario. So etwas wie das hier bekommt man nicht allzu oft zu sehen. Ich bin jetzt bereits gut 40 Jahre Arzt und habe so etwas, selbst im Studium, nie zu Gesicht bekommen. Wer das hier gemacht hat, kannte keinen Skrupel und wusste, wie er es tun musste."

Der Dottore ging zu den Augen.

„Schauen Sie nur. Einige wurden regelrecht herausgerissen. Andere wiederrum fein säuberlich hinausgeholt. Vielleicht wurde er gestört und musste es schneller machen. Warum er das allerdings getan hat, ist mir schleierhaft. So etwas hat man meist nur in diesen blutrünstigen Mafiafilmen gesehen. Aber ich bin nur ein gewöhnlicher Arzt und das ist nur meine erste Analyse. Ihre Kollegen von der Gerichtsmedizin werden da sicherlich andere Möglichkeiten haben und Ihnen sicherlich noch mehr sagen können."

Di Gallo wurde blass. Er würgte nicht mehr. Der Sergente klammerte sich an die Theke. Schweiß ran von seiner Stirn.

„Aber kommen Sie. Schauen Sie hier. Es sind vier Männer. Alle liegen hier im hinteren Teil. Jedem fehlen beide Augen. Bei einigen hat der oder die Täter auch die Fingerkuppen abgetrennt. Warum? Keine Ahnung, denn die liegen ja auch auf der Theke."

Der Dottore zeigte auf die Fingerkuppen am anderen Ende der Theke.

„Bei zweien von den Toten, wurde zudem noch der Mund zugenäht. Zugegeben, ziemlich dilettantisch, aus ärztlicher Sicht. Aber das war sicherlich auch nicht die Intention des Täters, hier einen Wettbe-werb im schöner Nähen zu gewinnen."

Der Dottore lachte kurz auf, verstummte aber gleich wieder. Botatzi schaute angewidert über die Theke.

„Sergente schauen Sie? Das sieht fast identisch aus mit dem Toten in Garda.", sagte Botatzi.

Ein dumpfer Knall ließ den Commissario herumfahren.

Di Gallo lag auf dem Boden. Er war bewusstlos. Ein Kollege war bereits herbeigeeilt, fächerte ihm Luft zu und schüttete ihm Wasser aus einer Flasche über das Gesicht. Langsam kam der Sergente wieder zu sich. Immer noch blass und schweißgebadet richtete er sich langsam auf, blieb aber noch angelehnt an der Theke sitzen. Der Dottore hatte die Seite gewechselt und kniete nun bei ihm.

„Die andere Seite kann warten. Da ist eh nichts mehr zu machen.", witzelte er.

Capitolo venti: Irgendwo in Italien

Don Mario saß in seinem dunklen Ohrensessel. In der einen Hand hielt er eine glimmende Zigarre, die bereits zur Hälfte geraucht war. In der anderen Hand hatte er den Hörer seines alten Telefons.

Don Mario war, oder besser gesagt ist, der Pate der norditalienischen Mafia mit Sitz in der Nähe von Mailand. Er gehört zur älteren Generation, was sicherlich an seinen bereits stolzen 77 Jahren lag. Graue Haare, eine Halbglatze, sowie ein Schnauzer waren sein Markenzeichen. Auf der rechten Wange hatte er eine lange, tiefe Narbe, die bis zum Hals ging. Die Narbe war eine Erinnerung an einen Zwischenfall vor mehr als vierzig Jahren.

Damals ging es um die Vorherrschaft in Norditalien und Don Mario geriet in einen Hinterhalt. Er wurde gefangen genommen und mehrere Tage lang gefoltert. Die Narbe war die letzte noch verbliebene Erinnerung an diese Zeit.

Auf dem rechten Auge war er zudem blind. Eine Augenklappe verdeckte es.

Er führte den Clan aber trotz seines Alters, noch immer wie am ersten Tag. Don Mario war verheiratet und hatte eine Tochter. Ein Sohn blieb ihm aber immer verwehrt und so würde seine Tochter irgendwann einmal seine Stelle einnehmen und die erste Patin des Clans werden.

Don Mario telefonierte. Er redete nicht, sondern hörte im Moment nur zu. Genüsslich zog er immer wieder an seiner Zigarre.

„Und was sollte mich dazu bewegen, mich mit Ihnen zu treffen?", fragte er nun doch und unterbrach somit sein Schweigen.

Wieder Stille. Stattdessen nur ein leises Raunen und ein Kopfschütteln. Don Mario hörte wieder nur zu.

„Hören Sie, Sie verschwenden Ihre und meine Zeit. Ich bin nicht interessiert an einem Treffen.", unterbrach der Pate abermals sein Schweigen.

Es klopfte leise an der Tür. Sie öffnete sich und ein Kopf zwängte sich durch den Spalt. Don Mario schaute zur Tür und machte eine abweisende Handbewegung. Der Kopf verschwand wieder und die Tür fiel lautlos ins Schloss.

„Jetzt haben Sie doch mein Interesse geweckt. Vielleicht sollten wir uns einmal treffen. Aber ich brauche Beweise. Lassen Sie mir einen Beweis für Ihre Aussagen zukommen und einem Treffen steht nichts mehr im Weg.", sagte Don Mario.

Wieder war es still. Der Pate hörte jetzt interessierter zu als noch vor wenigen Minuten. Seine Zigarre glimmte jetzt dunkelrot. Er hatte in den vergangenen Minuten intensiv daran gezogen. Asche war bereits abgefallen und hatte sich auf seiner Hose verteilt.

„Das hört sich sehr interessant an. Treffen wir uns in der Vinoteca Delizia in Garda. Sie werden es finden. Datum und Uhrzeit teile ich Ihnen noch mit."

Wieder Stille.

„Glauben Sie mir, wir wissen, wo wir Sie finden. Sie sprechen mit Don Mario. Ich weiß alles."

Damit war das Telefonat beendet. Ohne ein weiteres Wort legte der Pate auf. Er legte den Zigarrenstummel in den Aschenbecher und erhob sich. Dann ging er langsam zu dem Fenster und blickte hinaus. Die Sonne war hinter einer Wolke verschwunden. Er blickte hinaus in den großen Garten.

Es klopfte wieder leise an der Türe. Don Mario drehte sich um und ging langsam und etwas wackelig auf die Türe zu.

Capitolo ventuno: Residence Villa Rosa Garda

In der Villa Rosa hatte man von all dem noch nichts mitbekommen. Es war bereits dämmrig. Die Sonne ging langsam unter und am Kyosk One waren wenige Tische besetzt. Weder die Nachricht mit dem Toten in Garda, noch die Leichenfunde auf dem Weinfest in Bardolino waren bis hierher vorgedrungen.

Valeria und Yvonne waren in der Küche. Der Duft von Pizza und Pasta drang nach vorne. Barbara stand hinter der Theke und machte die Getränke.

Manfred Schwäbele und Frieda Butzkamp kamen den Pool entlang. Sie setzten sich an einen der Tische an der Hecke. Paolo eilte herbei und brachte die Karten.

„Ciao amici. Die Karte schonmal. Möchte ihr zu trinke bestelle?"

Frieda lächelte ihn an und wurde, wie sollte es auch anders sein, rot. Manfred bemerkte es und verzog das Gesicht.

„Ein Bier bitte.", sagte er.

„Sehr gerne. Aus Flasche oder gezapft?"

„Aus Flasche. Forst.", war die knappe Antwort von Manfred.

Frieda himmelte ihn noch immer an.

„Und was kann ich bringen dir?", fragte Paolo an Frieda gerichtet.

„Ich nehme einen Wein. Einen Rotwein, prego.", hauchte sie ihn an.

Paolo notierte es und verschwand wieder.

„Du bist echt peinlich. Benimmst dich wie eine 15-Jährige, bist knallrot und baggerst an diesem Italiener rum.", zischte Manfred nun.

„Na und, lass mich doch. Ich bin im Urlaub und da ist alles erlaubt. Und wenn ich mit Paolo flirten will, dann mache ich das. Wenn es dir peinlich ist, dann setz dich doch an einen anderen Tisch oder geh das nächste Mal einfach allein zum Essen.", konterte Frieda.

Paolo brachte die Getränke. Wieder lächelte Frieda ihn an und wurde abermals rot. Und wieder verzog

Manfred Schwäbele beim Anblick seiner Schwiegermutter das Gesicht.

„Sag nichts! Sei still! Schluck es runter.", sagte Frieda, nachdem Paolo wieder weg war.

Manfred schmollte. Die Bestellung für das Essen lief ohne weitere, für Manfred, peinliche Zwischenfälle. Nicht Paolo kam, um die Bestellung aufzunehmen, sondern Yvonne stand wenig später bei den beiden.

Sie bestellten einen Cesars Salat und eine Pizza Diavola. Anschließend gab es noch jeweils einen EVO Grappa.

Mittlerweile war es dunkel. Frieda bekam langsam diese Bettschwere. Da sie eh nicht mehr allzu viel miteinander sprachen, verabschiedete sie sich und ging ins Apartment.

Manfred Schwäbele verweilte noch einen Augenblick am Platz. Er war noch nicht müde und hatte keine große Lust jetzt schon ins Apartment zurück zu gehen. Ganz im Gegenteil. Er wollte noch nach Garda runter und sich ins Nachtleben stürzen. Obwohl er gar nicht wusste, ob es in Garda so etwas überhaupt gab. Er hatte bei einem Spaziergang nur diese Papillon Bar gesehen.

Yvonne kam an seinen Tisch.

„Möchtest du noch etwas trinken? Ein Bier oder einen Espresso?", fragte sie.

„Nein danke. Ich möchte gerne zahlen.", erwiderte er.

„Gerne, kommst du bitte an die Theke."

Manfred ging mit zur Theke und zahlte die Außen-
stände des Abends von ihm und seiner Schwiegermutter. Dann schlenderte er, ohne nochmals ins
Apartment zu gehen, direkt nach Garda hinunter.

Eine knappe halbe Stunde später erreichte er die
Promenade von Garda. Es war recht ruhig. Wenige
Menschen tummelten sich entlang des Ufers. Einige
Restaurants hatten bereits geschlossen. An der Bar
Faro machte er halt und setzte sich. Er bestellte sich
einen Aperol Spritz und schaute auf den dunklen See
hinaus. Die Sicht auf das Ufer gegenüber war klar.
Die vielen kleinen Lichter funkelten in den doch recht
dunklen Nachthimmel. Es sah einfach nur magisch
aus.

Nach etwa dreißig Minuten ging er weiter. Manfred
ging die Promenade noch einige Meter weiter und bog
dann nach rechts in die Via Antiche Mura. Das Schild
der Bar leuchtete bereits von Weitem.

Manfred Schwäbele blieb einen Moment vor dem Eingang stehen. Von Innen waren Stimmen und leise
Musik zu hören. Er überlegte noch kurz, dann ging er
hinein.

Frieda Butzkamp lag bereits im Bett und sägte gerade
den Harz ab. Sie hatte zunächst noch eine Weile auf
dem Balkon des Apartments gesessen und sah, wie ihr
Schwiegersohn das Kyosk One verließ und kurz
darauf auch die Anlage. Kurz danach verschwand sie

im Inneren. Sie rechnete nicht mehr damit, ihn heute noch zu sehen.

Manfred Schwäbele stand im Eingangsbereich der Bar. Dunkles, warmes Licht erleuchtete den Raum. An einem Tisch in der Ecke saßen mehrere Frauen, gutaussehende Frauen! An der Bar saßen zwei ältere Herren und Gianna Nannini sang gerade Il Maschi. Manfred setzte sich an einen der kleinen Tische. Die Bedienung kam und er bestellte erst einmal ein Bier. Piccolo. Immer wieder schaute er zu dem Tisch mit den Frauen.

„Ob das Professionelle sind?", dachte er noch.

Manfred bekam sein Bier und setzte an. Das Piccolo war aber sehr Piccolo. Er winkte der Bedienung direkt noch einmal. Sie kam und er bestellte nun einen Aperol Spritz.

Wieder schaute Manfred hinüber zu den Frauen. Eine erwiderte seinen Blick. Er sah ertappt weg. Dann aber musste er wieder hinüberschauen. Die Frau guckte immer noch zu ihm.

Er nahm einen Schluck von seinem Aperol. Als er wieder aufschaute und sein Blick zum Tisch der Frauen schwenkte, stand diese vor ihm.

„Hello!"

Manfred verschluckte sich. Er hustete lauthals. Ohne ein weiteres Wort setzte sie sich an den Tisch.

„Darf ich?", fragte sie.

Manfred nickte nur.

„Ich zahle nichts!", rutschte es aus ihm hinaus.

„Und ich bin keine dieser Frauen!", erwiderte sie.

Manfred schaute peinlich berührt nach unten.

„Tschuldigung."

„Angenommen. Ich bin die Lola. Und wie hießt du?"

„Ich heiße Manfred, aber alle nennen mich nur Mani."

„Also Mani dann, Salute! Auf einen schönen Abend!"
Lola prostete dem verdutzten Manfred zu. Dieser war
etwas überrascht, dass er diesmal nicht der schnellste
war beim Flirten.

Lola hatte lange, rötlich schimmernde Haare. Sie
waren lockig und wild. Ihr Makeup war sehr dezent.

Sie hatte grünblaue Augen und einen sinnlichen
schmalen Mund. Die Figur war einfach nur Wow!
Endlos lange, schlanke Beine, schmale Taille und
kleine Brüste. Was die Brüste anging nicht ganz Manfreds Geschmack. Er stand eigentlich auf die etwas
größere Ausführung. Aber der Rest war erste Klasse.
Daher sah er auch über diese eine, für ihn nicht ganz
perfekte Kleinigkeit hinweg.

Manfred grinste. Er hob sein Glas prostete Lola zu
und winkte der Bedienung. Kurz darauf stand eine
Flasche Prosecco und ein weiterer Aperol Spritz auf
dem Tisch. Manfred stellte sich ganz offensichtlich
auf einen gewinnbringenden Abend ein. Dass es so
schnell und direkt beim ersten Anlauf klappen würde,
war selbst für ihn etwas außergewöhnlich, aber Lola
schien ebenso wie er nicht abgeneigt zu sein.

Capitolo ventidue: Bardolino

Nur wenige Kilometer entfernt an der Promenade in Bardolino waren Botatzi, di Gallo und seine anderen Kollegen noch immer damit beschäftigt, alle Spuren zu sichern. Immer mehr kamen hinzu. Dazu Unmengen von Fingerabdrücken und Fußspuren.

Di Gallo ging es wieder besser. Er hatte nach seinem kurzen Blackout vom Arzt eine Spritze bekommen und wurde durch die Betreiber der umliegenden Stände mit Wein und Grappa versorgt, so dass sein Kreislauf innerhalb kürzester Zeit wieder auf Touren kam.

Das Mobiltelefon von Botatzi klingelte. Er schaute auf das Display.

„Minchia! Den habe ich ja total vergessen.", rutschte es aus ihm hinaus.

„Ciao Luigi.", ging er jetzt ran.

„Du, scusi. Aber ich habe ganz vergessen dich anzurufen. Wir haben mal wieder jede Menge zu tun und es ist… Si, dienstlich. Ich melde mich morgen bei dir. Scusi Luigi. Scusi!"

Dann legte er auf und schaute einen Augenblick starr in Leere.

Die vier Toten wurden bereits vor einiger Zeit abtransportiert, nachdem die Gerichtsmedizin endlich vor Ort war und dies genehmigt hatte. Der Arzt aus Bardolino war ebenfalls schon seit geraumer Zeit nicht mehr anwesend. Er hatte sich direkt nach der Ankunft seines Kollegen aus Verona verabschiedet. Jetzt waren nur noch Botatzi und di Gallo anwesend, sowie eine kleine Zahl von Beamten, darunter welche von der Spurensicherung, sowie der Polizia Locale, die die Promenade weitläufig absperrten.

Der Bürgermeister von Bardolino war ebenfalls schon vor Ort gewesen. Er hatte Sorge um die Eröffnung und Durchführung seines Weinfestes. So kurz vor der Eröffnung wäre es eine Katastrophe, wenn es abgesagt würde. Nicht nur für die vielen Gäste und Betreiber der Stände. Auch für die Gastronomie und die Hotellerie von Bardolino würde es herbe Verluste bedeuten. Von einer Prognose wie es die nächsten Tage weitergehen würde, war Botatzi allerdings momentan noch weit entfernt. Sie standen erst am Anfang. Eine Absage des Weinfestes stand nach jetzigem Stand auch noch gar nicht im Raum oder zur Debatte.

Die sterblichen Überreste der vier Toten brachte man wie immer in solchen Fällen, direkt nach Verona. Zuerst in die Gerichtsmedizin.

Wenn alle Spuren und auch die genaue Todesursache dokumentiert wurde, dann erst wurden die sterblichen Überreste an einen Bestatter übergeben.

In den Katakomben der Universitätsklinik Ospedale della Donna e del Bambino waren bereits zwei Ärzte damit beschäftigt, die Toten zu obduzieren. Alle vier lagen auf den Metalltischen. Zwei von ihnen hatten die Ärzte bereits geöffnet. Sie waren vom Hals abwärts bis zum Becken aufgeschnitten. Mehrere Proben standen bereits auf dem kleinen Beistelltisch an jeder Leiche. Bei der zweiten Person hatte der Arzt auch den Schädel im Kiefer- und Augenbereich geöffnet. Hier standen zusätzliche Proben des Schädels auf dem kleinen Tisch.

Die beiden anderen Leichen waren noch unberührt. Eine ebenfalls anwesende Schwester notierte auf mehreren Bögen erste Untersuchungsergebnisse.

„Notieren Sie bitte, Schwester Romina. Bei der zweiten besagten Person wurden die Augen, wie auch bei der anderen Person, herausgerissen. Es gibt keine Anzeichen einer professionellen Entfernung. Diese Person schien zudem noch am Leben gewesen zu sein, als die Augen entfernt wurden. Kurz danach hat dann aber wohl ein multiples Organversagen dazu geführt, dass die Person an den Folgen der Verletzungen verstorben ist. Die Lippen wurden ebenfalls noch bei vollem Bewusstsein und bevor die Augen entfernt wurden, zugenäht.", gab einer der Ärzte zu Protokoll.

Schwester Romina notierte ohne Fragen. Für sie war es nicht die erste Leiche. Seit mehr als 25 Jahren war sie bereits in der Abteilung und hatte schon so einiges gesehen.

„Dottore, diese Verletzungen… Es geht mich ja nichts an, aber das schaut doch irgendwie sehr nach Mafia aus!", sagte Schwester Romina.

„Ja, es sind doch schon sehr eigenartige Verletzungen und sicherlich auch nicht alltäglich. Jedenfalls nicht bei so vielen gleichzeitig. Wir haben ja neben diesen vieren auch noch die Leiche aus Garda. Und auch die schaut wohl nicht viel anders aus.", erwiderte der Arzt auf die Vermutung von Schwester Romina.

„Ja, und vergessen Sie bitte auch nicht die aus dem Gefängnis.", fügte sie noch hinzu.

Bei Botatzi und di Gallo in Bardolino waren die Spuren alle aufgenommen. Die Spurensicherung hatte alle Proben in einer sterilen Kiste verstaut und auch die Koffer waren bereits wieder im Fahrzeug.

„Der Bereich bleibt erst einmal bis auf weiteres abgesperrt. Sehen Sie zu, dass die Plane und auch die behördlichen Siegel nicht entfernt werden. Wir sind jetzt hier fertig.", sagte Botatzi zu einem der Beamten der örtlichen Polizia Locale.

Dieser nickte und entfernte sich kurz darauf wieder.

„Di Gallo, rufen sie eine Streife zur Unterstützung her. Sie sollen die Kollegen der Polizia Locale heute Nacht bei der Kontrolle behilflich sein."

Di Gallo holte sein Handy aus der Tasche und telefonierte.

Wenig später fuhr ein Streifenwagen vor. Die beiden Beamten grüßten kurz und wurden durch di Gallo auf den aktuellen Stand gebracht. Zusammen mit der Polizia Locale würden sie die nächsten Stunden bis zum Morgengrauen den Bereich um den Tatort, sowie der Promenade selbst, überwachen.

Die Beamten der Spurensicherung verabschiedeten sich und machten sich auf den Weg. Auch Botatzi saß bereits im Alfa Romeo. Er schaute auf die Uhr. Mittlerweile war es kurz vor Mitternacht. Di Gallo kam dazu und stieg ein.

„Das wird wieder eine kurze Nacht, Sergente. Ich habe ein ganz komisches Gefühl in dieser Sache. Irgendwie scheinen die ganzen Toten zusammenzupassen."

Di Gallo nickte nur und startete den Wagen, der kurz darauf langsam die Promenade verließ.

Capitolo ventitré: Ospedale della Donna e del Bambino Verona

In den Katakomben der Universitätsklinik hatten die Ärzte nun alle vier Leichen untersucht. Alle lagen aufgebahrt noch immer auf ihren Metalltischen. Alle waren aufgeschnitten vom Hals bis zum Becken und bei zweien hatten sie auch die Schädeldecke geöffnet. Im Nebenraum lag derweil die Leiche aus Garda, die ebenfalls hierher transportiert wurde. Auch diese hatte man mittlerweile wie die anderen vier geöffnet und Proben entnommen.

Alle Leichen wiesen seltsame Verletzungen, wie man sie üblicherweise nur aus Hollywoodfilmen kannte, auf. Die genommenen Proben der Personen inklusive derer DNA hatte man bereits ins Labor gegeben.

Jetzt hieß es abwarten. Die Pathologie hatte erst einmal ihr Möglichstes getan. Jetzt lag es am Labor, noch die fehlenden Puzzleteile zu finden und zusammenzusetzen.

Das Telefon hallte durch den sterilen Raum. Schwester Romina hob ab.

„Si Dottore, momento."

Sie übergab das Telefon an einen der Ärzte. Dieser hörte aufmerksam zu.

„Herr Kollege, wenn das so ist, dann haben wir hier ja weit mehr als nur zwei ähnelnde Vorfälle. Wenn die Proben der Leiche aus dem Gefängnis Parallelen und identische Merkmale aufweisen wie die, die wir gerade hier haben, dann…"

Der Dottore sprach nicht weiter. Stattdessen blickte er geschockt ins Leere. Sekunden später hatte er sich wieder ein wenig gefangen.

„Wir müssen Rom informieren! Und am besten auch gleich die Kollegen am Gardasee! Dieser Tote aus dem Gefängnis wurde doch auch am Gardasee verhaftet!"

Der alte Computer in der rechten Ecke blinkte auf, gefolgt von einem „Bing".

Ich habe Ihnen die Daten von dem Toten aus dem Gefängnis geschickt. Dann können Sie mal vergleichen und ich sage Ihnen, sie werden mir Recht geben, wenn sie es gelesen haben.", sagte der Dottore am anderen Ende.

Schwester Romina ging zum alten Computer. Sie öffnete die Mail vom Labor. Kurz darauf brummte der Drucker im Nebenraum.

„Danke Herr Kollege. Ich werde mir alle Daten anschauen und dann können wir ja nochmals reden.", sagte er und legte auf.

An die Magnetwand hängte er den Bericht des Toten aus dem Gefängnis auf. Anschließend fügte er auch die Berichte der Toten hinzu, welche allesamt vom Gardasee kamen. Die komplette Magnetwand hing voll.

Sechs Tote waren recht selten. Also, nicht in der Pathologie, aber an der Magnetwand! Und besonders wenn es allesamt, nach jetzigem Stand, zusammenhängende Todesfälle waren.

Der Dottore blickte auf die vollgehängte Magnetwand. Sein Blick fiel auf die jeweiligen Berichte der einzelnen Toten. Neben dem aus dem Gefängnis, kamen in den letzten Stunden fünf weitere dazu. Und alle hatten die gleichen Todesmerkmale. Das konnte doch kein Zufall sein! Alle Toten hatten keine Augen mehr und auch der Mund wurde zugenäht. Letzteres, wie auch die Augen nicht gerade professionell.

Ein Arzt oder medizinisches Personal als Täter schied also aus. Jedenfalls für den Dottore. Aber was wusste schon der Dottore. Er sah es nur aus der Sicht eines Mediziners. Die Polizei sah meist viel mehr in den Toten und den Berichten.

Er nahm die Berichte von der Magnetwand und ging zum Kombigerät.

Das Kombigerät war Drucker, Scanner und Fax in einem. Er scannte alles ein und ging zurück zur Wand. Wenig später hing alles wieder an seinem Platz an der Magnetwand.

Der Dottore setzte sich an seinen alten Rechner. Die eingescannten Unterlagen erschienen auf dem Bildschirm.

Es war all das, was in der Pathologie und den Laboren bislang zusammenkam. Zum einen von dem Toten aus dem Gefängnis, diesem Hans Vogtländer, aber auch bereits die ersten Ergebnisse des heutigen Tages mit den vier Toten aus Bardolino, sowie dem Toten aus Garda. Erschreckend war, dass alle in irgendeiner Weise miteinander verworren waren. Sie alle hatten die gleichen Verletzungen. Bei allen wurden die Augen entfernt, bei allen wurden der Mund zugenäht. Bei dem Toten aus dem Gefängnis, sowie aus Garda kam noch hinzu, dass die Arme auf dem Rücken gefesselt waren. Er öffnete das E-Mail-Programm und verfasste eine kurze Nachricht.

Anschließend fügte er die eingescannten Unterlagen hinzu und betätigte den Button für Senden.

Capitolo ventiquattro: Questura

Dottoressa Susanna Luca saß zu später Stunde noch immer an ihrem Schreibtisch in der Questura. Gerade blinkte ihr Postfach auf.

Die Pathologie hatte ihr eine Mail zukommen lassen. Es war die Mail, die der Dottore vor wenigen Sekunden in den Katakomben der Pathologie versendet hatte.

Es waren einige Anlagen der Mail beigefügt. Susanna Luca wollte gerade ihren Rechner runterfahren und nach Hause gehen. Jedoch weckte die Mail mit dem Betreff *Ergebnisse Mordfälle Garda, Bardolino und Verona* sofort das Interesse der Vice-Questore.

Die Dottoressa öffnete die Mail und fing an zu lesen. Zugegeben, in der Mail stand nicht viel drin. Also öffnete sie die erste Anlage. Gleich zu Beginn wurde sie mit mehreren Bildern konfrontiert. Die Datei mit dem Namen *Hans Vogtländer – Carcerario Verona* war 5 MB groß. Sie war die größte Datei. Die beiden weiteren Dateien mit den Namen *Weinfest Bardolino 4 morte* und *Promenade Garda 1 morto* waren mit 3 MB und 1,5 MB wesentlich kleiner und nicht so umfangreich. Aber auch diese beiden Dateien begannen mit einer Reihe von Bildern.

Das die Vogtländer-Datei die größte war, lag sicherlich auch daran, dass die Behörden, die Pathologie und auch das zuständige Labor in den letzten Tagen einiges zusammen brachte. Die beiden anderen Fälle waren noch frisch und erst wenige Stunden alt. Aber dafür waren auch diese Dateien bereits von einer beachtlichen Größe.

Susanna Luca überflog jede der Dateien. Mit jeder weiteren Information, die sie las, bekam sie mehr Falten auf ihre Stirn.

„Mamma mia! Das ist… Nein, das kann doch nicht…"

Die Vice-Questore stützte ihr Gesicht in beide Hände. Immer wieder murmelte sie „Mamma mia".

Susanna Luca schaute wieder auf ihre Bildschirme. Auf dem einen hatte sie die Zusammenfassung von Hans Vogtländer geöffnet, auf dem anderen die von Bardolino und von Garda.

Hans Vogtländer verfolgte sie genauso wie der Name Arkim. Den einen gab es nicht ohne den anderen. Mit Arkim fing damals alles an. Seitdem hatte der Gardasee mehr mysteriöse Todesfälle und eine erhöhte Kriminalitätsrate als Neapel nach Mitternacht.

Nach der Tötung von Arkim, war man sicher, wieder Ruhe am Gardasee zu haben. Dann kamen Vogtländer und seine Komplizen. Sie zogen eine blutige Spur durch Österreich, die Slowakei und den Norden Italiens. Als man sie schnappte und auch herausbekam, dass große Köpfe der Organisation tot waren, ging man davon aus, dass nun endlich Ruhe einkehren würde.

Schließlich war der Gardasee ein Urlaubsparadies und kein Treffpunkt für Kriminelle der obersten Riege.

Als Susanna Luca aber jetzt die Informationen vor sich hatte, war sie sich gar nicht mehr so sicher, ob das alles wirklich überstanden war.

Nervös wechselte sie nun zwischen den einzelnen Zusammenfassungen. In jedem der Berichte stieß sie immer wieder auf die Schlagwörter: keine Augen, zugenähter Mund und unbekannte, beziehungsweise zwielichtige Identität.

„Das kann doch nicht sein! Alle Toten haben die gleichen Verletzungen. Alle Toten sind keine Einheimischen. Ja, noch schlimmer ist, die Toten aus Bardolino sind allem Anschein nach Mitglieder der Mafia. So steht es jedenfalls hier.", sagte die Dottoressa mehr zu sich selbst.

Susanna Luca griff zum Telefon. Sie drückte eine Taste und wartete. Sekunden vergingen. Sie klopfte mit ihrem knochigen Finger auf die Tischplatte. Dann endlich! Am anderen Ende hob jemand ab.

„Commissario! Kommen Sie so schnell es geht hierher. Ich sage nur Vorsicht! Äußerste Vorsicht! Wir müssen dringend reden! Die Toten! Ich erwarte Sie hier!", sagte sie und legte auf, ohne auf eine Antwort zu warten.

Capitolo venticinque: Garda

Schon früh am Morgen hatte Modi die Residence Villa Rosa verlassen und war auf dem Weg zur Promenade. Unterwegs hielt er an der kleinen Bäckerei in der Via Giovanni Pascoli, nahe dem kleinen Supermarkt. Er holte sich ein Croissant und einen Kaffee.
Als er so dastand, ging er nochmals die letzten Tage durch.

Da war die Sache in dem Gefängnis in Verona. Zugegeben, Hans Vogtländer war ein treuer Gehilfe gewesen, aber es bestand die Gefahr, dass er irgendwann schwach werden würde. Irgendwann hätte er sicherlich ausgepackt. Das hatte er verhindert. Aber günstig war es nicht gewesen. Diese korrupten Wärter wussten, wie man sein Gehalt aufbesserte.
Dafür war es so wie er es haben wollte. Schließlich sollte es ausschauen wie ein Auftragsmord der Mafia. Der Tote in Garda hingegen war ein Zufall gewesen. Er war ein Migrant, der über Lampedusa nach Italien kam und sich mit Betteleien und Gelegenheitsjobs über Wasser hielt. Er war zur falschen Zeit am falschen Ort gewesen. Hier musste Modi leider selbst Hand anlegen. Kein leichtes Unterfangen, so mitten am Tag. Er wollte seiner Linie treu bleiben und erledigte ihn, wie auch bereits Hans Vogtländer sterben musste.

Dabei war überhaupt nichts vorgefallen. Dieser arme Mann, der mit ganz viel Glück unbeschadet über Lampedusa ins Land kam, hatte Modi zwischen Garda und Bardolino nur angebettelt. Modi hatte ihm erst einen fünf Euroschein zugesteckt, um ihn dann Sekunden später mit einem Klappmesser abzustechen. Er hatte ihn hinter ein Gebüsch direkt am Ufer gezogen und wollte ihn dort eigentlich liegen lassen, als ihm der Gedanke kam, ihn so zuzurichten, wie es bereits Hans Vogtländer ereilt hatte. Mit dem Messer stach er ihm die Augen raus und vergrub sie unter dem Busch. Nadel und Faden hatte er in seiner Manteltasche. Damit nähte er ihm den Mund zu. Zum Glück hatte ihn dabei niemand gesehen oder beobachtet. Zum Schluss schleifte er ihn die paar Meter zum Wasser und versenkte ihn.

Wenig später hatte sich Modi, nachdem er sich die blutigen Hände im See gereinigt hatte, aufgemacht nach Bardolino. Die vier Männer, auf die er dann dort traf, waren kein Zufall. Es waren Mitglieder der Mafia, die er bereits Tage zuvor ausspioniert hatte. Diese vier mussten sterben, weil es zum Plan Modis gehörte. Sie gehörten zum Clan von Don Mario. Vier Männer, die dazu abgestellt waren, bei den Ständen des Weinfestes Schutzgeld zu kassieren.

Bei Don Mario gehörte das noch immer zu einem seiner Haupteinnahmequellen. Schutzgelderpressung! Zugegeben, es wurde immer schwieriger, die Konkurrenz war groß und nicht jeder war gewillt zu *zahlen, aber dafür waren die vier ja da gewesen. Modi wusste davon. Er hatte dies alles in den letzten Monaten recherchiert. Er und seine Organisation. Und genau das war es, was sie wollten. Sie wollten etwas von dem Kuchen, von den besonders guten Stückchen. Aber dafür musste er mit der Mafia ins Geschäft kommen.*

Es war ein weinig umfangreicher gewesen, die vier zu erledigen.

Modi war alleine. Er arbeitete gerne alleine. Hans hatte immer geglaubt, dass er, Modi, der große Big Boss der neuen Organisation sei. Aber das war er nicht. Er war einer der großen, aber der größte, der Pate, trat selten in der Öffentlichkeit auf.

Teile der Organisation waren in anderen Ecken Europas auf dem Vormarsch. Irgendwann in naher Zukunft würden sie, so der Plan, die ganz großen Europas sein.

Die vier von der Mafia, das war ja bereits bekannt fand man im Weinstand der Bergwacht. Sie waren auf die gleiche Weise hingerichtet worden, wie zuvor der Bettler und auch Hans Vogtländer. Modi hatte die vier in einem ruhigen Moment, als die Promenade recht leer war, zu einem etwas abseits stehenden Stand gelockt.

Dann ging alles doch recht schnell. Die vier verschwanden in dem Stand. Modi zündete eine Gaskartusche mit Stickstoff, warf sie hinein und verschloss die Tür. Im Inneren hörte man nur mehrere dumpfe Geräusche. Dann war es ruhig. Er öffnete die Tür. Mit einem Tuch vor Mund und Nase steckte er den Kopf hinein. Alle vier lagen verteilt auf dem Boden. Zwei von ihnen blickten Modi mit starrem Blick an, während einer von ihnen mit gebrochenem Genick in der Ecke lag. Der vierte lag direkt vor ihm.

Modi trat ein und zückte wieder sein Klappmesser. Er fing an, einem nach dem anderen die Augen auszustechen. Dann nahm er, wie bereits beim Bettler, Nadel und Faden aus seiner Jacke und nähte jedem einzelnen noch den Mund zu.

Eine Viertelstunde später war er fertig und verließ ohne großes Aufsehen, den Weinstand der Bergwacht wieder. Er ging schnellen Schrittes in den angrenzenden kleinen Wald.

Modi stand noch immer an der kleinen Bäckerei. Er trank den letzten Schluck Kaffee aus dem Becher. Ein wenig gedankenverloren schaute er mit leerem Blick auf die Straße. Er schüttelte sich, warf den leeren Becher in den Mülleimer am Eingang der Bäckerei und ging schnellen Schrittes auf die Via Carlo Gnocchi. Sein Ziel war die Vinoteca Delizia, direkt am Hafen an der Promenade. Die Straßen und Gassen waren noch recht leer. Die ersten Läden öffneten gerade erst. Er ging ohne Halt, direkt an die Promenade. Vor dem Ristorante La Losa hielt er kurz inne und blickte sich um. Nur wenige Personen waren unterwegs. Ein paar Jogger und Radfahrer kamen an ihm vorbei. Weiter hinten gingen zwei ältere Frauen. Mehrere Lieferwagen standen entlang der Promenade und belieferten die Restaurants und Trattorien. Modi ging langsam weiter. An der Bar Faro blieb er stehen. Die Tische der Vinoteca Delizia standen noch angekettet unter dem großen Baum. Die Vinoteca öffnete gerade erst. Noch war niemand da.

Modi ging weiter und setzte sich am Hafen auf eine der Bänke. Von dort konnte er ohne Aufsehen die Bar Faro und auch die Vinoteca Delizia beobachten.

Keine Wolke war am Himmel. Die Sonne strahlte und hatte selbst zu dieser spätsommerlichen Zeit noch jede Menge Kraft.

Die San Marco machte fest. Zwanzig Fahrgäste stiegen aus. Zu dieser Zeit waren es meist ältere. So auch diesmal. Mit etwas Verspätung folgte noch ein älterer Herr in einem Rollstuhl, der in Begleitung eines weiteren Mannes mittleren Alters war.

Modi blickte zu den Tischen der Vinoteca Delizia. Die Ketten waren mittlerweile ab. Auf den Tischen Stand ein Aschenbecher, sowie jeweils eine Karte. Noch waren alle Tische frei. Modi schaute in Richtung des Municipio, dem Rathaus von Garda. Langsam füllte sich die Promenade. Immer mehr Menschen und Gruppen schlenderten am Ufer entlang und genossen die Sonne und das einmalige Flair.

Wieder ging sein Blick zu den Tischen der Vinoteca. Der Mann mit dem Rollstuhl und sein Begleiter saßen mit dem Rücken zu ihm an einem der Tische. Der Begleiter drehte sich um und blickte Modi an.

Es war ein starrer Blick!

Modi erhob sich und ging langsam auf den Tisch und die beiden Männer zu. In einigem Abstand blieb er stehen. Keiner sagte etwas. Der Alte im Rollstuhl zeigte stumm auf den freien Platz. Modi kam zögerlich näher und setzte sich schließlich.

Die drei schauten sich an. Ein Mann trat an den Tisch. „Buongiorno. Prego!"

Die drei schreckten zusammen. Und schauten den Mann an. Dieser lächelte und schaute sie mit fragendem Blick an.

„Aqua naturale."

„Aqua frizzante."

„Aperol Spritz."

"Si subito!", sagte der Mann und entfernte sich.

Die drei Männer schauten sich wieder an. Die Blicke waren kühl und starr.

„Signore. Nun, ich höre.", unterbrach der Alte das Schweigen.

Modi blickte ihn an.

Capitolo ventisei: Malcesine

Birgit Schnippel-Limbach war schon früh wach gewesen. Sie hatte die erste Nacht am Gardasee in einem
kleinen privaten B&B verbracht. Das Zimmer war
sehr einfach gewesen. Gemeinschaftsbad und das
Zimmer ohne jedweden Luxus. Nicht mal ein Fernseher war vorhanden gewesen.

Es war sauber und das Bett bequem. Nicht zu hart und
nicht zu weich.

Sie verließ das Haus. Hundert Meter weiter machte sie
Halt vor einem unscheinbaren kleinen Café. Der Duft
von Bohnen und Gebäck stieg ihr in die Nase. Sie
ging hinein und setzte sich an einen der kleinen
Tische.

Eine ältere Frau trat an ihren Tisch.

„Buongiorno. Prego?"

Birgit schaute die ältere Frau fragend an. Diese
lächelte, noch!

„Prego?"

„Good Morgen… uno coffee…"

Fragend schaute die ältere Frau jetzt zu Birgit. Diese
bemerkte, dass irgendetwas wohl unklar sein musste.

„Coffee… black coffee, ohne milk und Zucker.",
wiederholte sie.

Die ältere Frau schüttelte den Kopf und verschwand
leise fluchend.

Wenig später kam sie zurück mit einer Tasse Kaffee.

Ohne ein weiteres Wort stellte sie Birgit den Kaffee hin und verschwand wieder. Nachdem sie den Kaffee getrunken hatte, bezahlte sie und verließ das Bistro.

Birgit ging langsam zum Hafen. Sie hatte leider keine Ahnung, was sie nun tun sollte. Sie war hier. Hunderte Kilometer entfernt von zu Hause. Ihr alter Opel stand, vielleicht, noch immer auf dem Rastplatz Hunsrück West. Für einen kurzen Augenblick könnte sie sich ohrfeigen. Was war nur in sie gefahren? Was musste sie wie so ein pubertierendes Kind von zu Hause ab-hauen. Jetzt stand sie hier in... in... in Malcesine, hatte weder ein festes Dach über dem Kopf, noch eine Idee, was sie hier wollte. Sie, die eigentlich, seit sie denken konnte immer nach Spanien gefahren war, stand jetzt in Italien. Gut, die Sprache war ähnlich, aber sie beherrschte ja nicht einmal Spanisch!

„Du bist so eine blöde Kuh, Schnippel-Limbach!", sagte sie jetzt recht laut zu sich selbst.

Um sie herum blickten jetzt jede Menge Augenpaare auf sie. Birgit schaute peinlich zu Boden und ging etwas schneller. Am Hafen setzte sie sich auf eine der vielen Bänke.

Birgit schaute hinaus auf den See. Auf der anderen Seite ragten die Felsen von Tignale und Tremosine steil nach oben. Das Plateau lag im Nebel.

Als Birgit so auf der Bank saß und auf den See blickte, musste sie an den gestrigen Tag denken. An den Moment, wo sie diesem Fremden von hinten in die Achillessehne rannte.

Birgit musste ein wenig schmunzeln. Einmal wegen der peinlichen Situation und dann auch wegen des Mannes. Komisch, dass sie ausgerechnet an ihn denken musste. Sie kannte ihn doch gar nicht. Sie hatte nicht mal seinen Name oder eine Telefonnummer.

Luigi Schifferle hatte an diesem Morgen bereits mit Matteo Rossi telefoniert und vor wenigen Minuten hatte dieser ihm den Vorvertrag für das Restaurant in Malcesine zugemailt. Luigi hatte den Vertrag bereits an einen guten Freund weitergeleitet. Dieser war Anwalt in Deutschland und spezialisiert auf Auslandsverträge. Über ihn hatte er bereits alles in Tignale abgewickelt.

Nun saß er auf einem alten klapprigen Stuhl vor seiner Wohnung und trank einen Kaffee. Die Sonne strahlte bereits vom Himmel. Es war frisch in Tignale und man konnte den See momentan nicht erblicken. Ein schmales Nebelband verdeckte die Sicht.

Er dachte an gestern. An das gute Gespräch mit Matteo Rossi, das ja gar nicht so gut begann. Aber er konnte ihn von sich und seiner Idee überzeugen. Und dann war da noch diese tollpatschige Frau gewesen. Die, die ihm in die Achillessehne gelaufen war. Bei diesen Gedanken fuhr ihm ein stechender Schmerz bis in den Kopf und wieder zurück. Instinktiv griff er sich an seine Ferse und rieb daran.

Er fing an zu lachen. Zunächst war es ein leises Lachen, aber Luigi steigerte sich rein. Es wurde immer lauter.

Nach einigen Sekunden hatte er sich wieder etwas beruhigt. Er hatte eigentlich nichts von ihr. Bis auf den Phantomschmerz in der Ferse, wenn er an sie dachte. Aber sonst? Nichts! Kein Name, keine Telefonnummer.

Da musste doch etwas zu machen sein! Er stand auf und ging hinein.

Capitolo ventisette: Residence Villa Rosa Garda

Ein kleiner Vogel zwitscherte vom Dach der Villa Rosa. Die Sonne strahlte vom Himmel und funkelte bereits in einer Ecke des Pools. Es war noch ruhig. Alle Liegen waren noch unbenutzt. Alle? Nein, eine Liege im hinteren Bereich auf der Wiese war besetzt.

Bei näherem Hinsehen konnte man zweifelsfrei Manfred Schwäbele erkennen. Er lag zusammengekauert auf der Liege und schnarchte.

Margot Mallmann und Herr Schmitz kamen gerade von ihrem morgendlichen Spaziergang zurück. Herr Schmitz liebte es, sein Frauchen am frühen Morgen aus dem Bett zu scheuchen. Ungeschminkt mit Lockenwicklern und in Jogginghose waren sie eine kleine Runde um die Villa Rosa gegangen. Jetzt näherten sich beide der Wiese mit den Liegen, auf der auch Manfred Schwäbele lag.

Sie erschrak! Herr Schmitz bellte. Manfred hingegen rührte sich nicht. Langsam ging Margot Mallmann näher. Herr Schmitz bellte noch immer.

„Herr Schmitz aus. Ist gut jetzt.", sagte sie zu ihm.

Herr Schmitz verstummte und zog an der Leine. Er hechelte. Beide standen nun direkt neben der Liege. Manfred Schwäbele rührte sich nicht. Sie stieß ihn vorsichtig an und erschrak erneut. Er war kalt. Sie zog Herr Schmitz von der Liege weg und lief schnellen Schrittes zur Wohnung von Paolo. Margot klingelte. Eigentlich hielt sie den Finger auf dem Knopf. Es klingelte Sturm. Energisch wurde Sekunden später die Tür aufgerissen.

Ein etwas erregter Paolo stand vor ihr und Herrn Schmitz.

„Prego! Margot, warum lautest du hier!"

„Buongiorno Paolo, Scusi, aber… da hinten… da… schrecklich… du… oh Gott…"

Margot Mallmann machte kehrt und zog den immer noch hechelnden Herrn Schmitz hinter sich her. Paolo blickte ihr verdutzt nach. Auf halbem Weg blieb sie stehen, drehte sich um und schaute zu Paolo.

„Schnell, schnell Paolo. Du musst kommen. Es ist etwas Schreckliches passiert.", rief sie und ging weiter.

„Mamma mia. Porca misseria. Giacomo! Dai pronto!" Paolo verlies das Haus und eilte hinter Margot und Herrn Schmitz her. Aus einiger Entfernung sah er, warum sie so aufgeregt war. Paolo schlug die Hände vors Gesicht und schüttelte den Kopf.

„No! No! No! Non acora!"

Giacomo kam hinzu.

„Figo!"

Paolo schaute ihn entsetzt an.

„No! Das iste nicht figo! Das iste terrificante!"

Giacomo zückte sein Handy, wurde aber von Paolo daran gehindert, ein Bild zu machen.

„Er ist ganz kalt. Ich glaube... ich glaube er ist..."

Margot Mallmann sprach nicht weiter. Sie presste die Hände vor den Mund und schüttelte den Kopf.

Giacomo ging näher ran. Er stieß Manfred unsanft in die Rippen. Dieser schreckte hoch. Paolo, Margot und Herr Schmitz erschraken.

„Non e morto. E vivo.", sagte Giacomo und grinste.

Manfred Schwäbele setzte sich auf und rieb sich das Gesicht. Er sah schrecklich aus.

„Was ist los? Warum seid ihr alle hier?", fragte er verschlafen.

Paolo erklärte ihm kurz was passiert war. Dann brachten er und Giacomo den etwas zerknautschten Manfred zu seinem Apartment.

Margot Mallmann und Herr Schmitz gingen ebenfalls zu ihrer Wohnung, wenn auch etwas verschreckt.

Manfred bedankte sich bei Paolo und seinem Sohn und verschwand im Inneren. Ohne ein Wort legte er sich auf sein Bett und schlief auch gleich wieder ein. Entfernt nahm er noch das laute Schnarchen seiner Schwiegermutter wahr.

Etwas mehr als zwei Stunden später wurde Manfred wieder unsanft geweckt. Diesmal jedoch von Frieda Butzkamp.

„Aufstehen du Schlafmütze. Frühstück ist fertig."

Manfred erhob sich langsam und verschwand im Bad.

Als er in den Spiegel schaute, bot sich ihm ein grauenvolles Bild. Augenringe, kleine Augen und Falten unter den Lidern.

Er duschte aus einer Mischung aus eiskalt und brühend heiß, um seine Lebensgeister wieder in Schwung zu bringen. Zehn Minuten später trat er auf den Balkon des Apartments. Die Sonne strahlte mittlerweile über die ganze Anlage. Die ersten waren bereits im Pool und das zu dieser Jahreszeit. Schließlich war es bereits Ende September. Aber Petrus meinte es gut mit dem Gardasee und Italien. Noch immer waren die Temperaturen im oberen Bereich.

Er setzte sich.

„Na, ist wohl spät geworden gestern?", fragte seine Schwiegermutter.

„Mhhh!", war die Kurze aber knappe Antwort.

„Haben wir das Reden verlernt?", bohrte Frieda weiter.

„Nein. Es gibt einfach nicht viel zu sagen. Ich war etwas trinken und habe wohl etwas die Zeit aus den Augen verloren.", entgegnete Manfred.

„Soso!", entgegnete sie nur.

Manfred schaute über die Anlage. Sein Blick ging hinüber zum Gebäude mit dem Schriftzug Villa Rosa auf dem Dach.

„Von dort hat man sicher auch einen guten Blick auf den Ort.", sagte er gedankenverloren.

Frieda schaute jetzt ebenfalls hinüber. Ganz oben saßen eine Handvoll Männer und waren ebenfalls am Frühstücken. Als sie Frieda erblickten, winkten sie. Sie erwiderte und lächelte.

„Einfach schön hier."

„Was?", sagte Manfred gedankenverloren.

„Naja, alle sind so freundlich hier. Schau mal dort drüben, die Männer. Selbst die winken zu uns hinüber."

Manfred blickte nochmals zu dem Gebäude. Bis auf eine Person war der Balkon leer.

„Was machen wir heute?", fragte Frieda in die Stille hinein.

„Keine Ahnung.", erwiderte Manfred.

Frieda Butzkamp erhob sich und fing an, den Tisch abzuräumen. Manfred blieb sitzen. Er schaute auf den See.

Bilder des letzten Abends erschienen in seinem inneren Auge. Er grinste. Da war diese Bar in Garda, das Papillon. Diese Frau! Was für eine Frau. Nicht so wie seine Zita oder Gisi. Diese Frau war Premium! Der Mund, diese Beine! Na gut, die Brüste waren für seinen Geschmack etwas klein gewesen. Aber das waren nur Nuancen gewesen. Das Gesamtpaket war einfach nur Wow.

Sie hatten, soweit er sich erinnern konnte, an die drei Flaschen Prosecco und mehrere Aperol Spritz geleert. Sie waren auch die letzten gewesen, die die Bar verließen, irgendwann in den Morgenstunden. Arm in Arm waren sie durch Garda gegangen. In einer dunklen Seitenstraße hatte er sie dann gepackt und geküsst. Soweit so gut. Das nächste, an das er sich erinnerte, war das Gesicht dieser älteren Frau mit ihrem Köter, sowie Paolo und seinem Sohn am Pool. Wenn er nur wüsste und sich erinnern könnte, ob da mehr war als dieser Kuss. Auch hatte er keine Ahnung, wohin sie verschwunden war. Manfred wusste nur eines. Er musste sie wiedersehen!

„Kommst du?", wurde er jetzt aus seinen Gedanken gerissen.

Frieda Butzkamp stand im Türrahmen und schaute ihn an.

„Wo wollen wir hin?", fragte er noch leicht abwesend.

„Da, wo uns die Füße hintragen.", erwiderte sie nur und lachte.

Manfred verschwand im Inneren. Minuten später verließen beide das Apartment.

Capitolo ventotto: Irgendwo am See

Botatzi und di Gallo waren schon wieder auf dem Weg Richtung Garda und Bardolino. Die letzte Nacht war mehr als kurz gewesen. Es war mehr ein Powernap mit anschließender kalter Dusche gewesen. Jedenfalls bei Botatzi. Di Gallo schien ganz auf die Dusche zugunsten eines längeren Schlafes verzichtet zu haben. Er sah ein wenig strubbelig aus und auch die Augenringe waren an diesem Morgen besonders ausgeprägt.

„Sergente, sie schauen heute morgen ehrlich gesagt etwas fertig aus."

Der Sergente schaute kurz zu Botazi und musste grinsen.

„Naja Commissario, bei Ihnen hat die Dusche auch keine Wunder vollbracht."

Beide schwiegen wieder, während der Alfa zügig am See entlangfuhr. Botatzi nahm sein Handy. Er ging seine Kontakte durch. Bei Schifferle blieb er stehen. Er überlegte kurz und drückte dann auf „anrufen". Es klingelte. Nach dem fünften Freizeichen wurde abgehoben.

„Ciao Luigi. Habe ich dich geweckt?"

„Ciao Stefano, no no. Ich bin schon länger wach."

„Sehr gut. Du, das mit gestern tut mir echt leid. Ich meine, dass es nicht funktioniert hat bei dir."

Kein Problem Stefano. Es ist ja nur verschoben. Was war denn der Grund, oder darfst du nicht darüber reden?"

Stefano stockte einen Moment.

„Doch doch, Luigi. Ich weiß ja, dass du nicht damit am See hausieren gehst. Wir haben mal wieder Tote am See."

„Tote? Also mehr als einen?"

„Fünf! Fünf Tote!"

„Nein! Fünf Tote? Hier am See? Und alle zur gleichen Zeit?"

„Si Luigi. Wir sind gerade auf dem Weg nach…"

Wieder stockte Botatzi und diesmal sprach er nicht weiter. Es blieb still in der Leitung.

„Stefano? Bist du noch dran?"

„Si Luigi. Ich…"

„Ich verstehe. Du darfst mir nicht alles sagen."

„Grazie Luigi. Ich melde mich wieder bei dir."

Dann legte der Commissario auf. Der Sergente blickte ihn an.

„Sagen Sie nichts, Sergente."

138

Er sagte nichts und lenkte stattdessen den Alfa Romeo am See entlang Richtung Süden. Botatzi blickte aus dem Seitenfenster.

„Halten Sie doch gleich mal da vorne.", unterbrach er dann die Stille.

Botatzi stieg aus und ging zu dem kleinen Kiosk. Kurz darauf kam er mit zwei Espressi und zwei Croissants zurück. Er sah, dass di Gallo am Telefonieren war. Botatzi stellte die Becher auf das Dach und öffnete die Tür.

„Si Dottore… Der Commissario ist soeben wieder zurück… Si… Ich übergebe!"

Botatzi schaute den Sergente fragend an.

„Der Dottore aus der Pathologie.", erwiderte er leise und übergab das Handy an den Commissario.

„Dottore, Buongiorno! Was kann ich für Sie tun, so früh am Morgen. Haben Sie schon Neuigkeiten, was die Toten betrifft?"

„Commissario, Buongiorno! In der Tat, die habe ich. Mein Kollege hat am gestrigen Abend bereits einige Informationen zu Ihrer Dottoressa Luca geschickt…"
„Ich weiß!", unterbrach ihn der Commissario.

„Wir waren letzte Nacht in der Questura. Sie hatte uns informiert."

„Dann wissen Sie also schon grob, was wir bereits herausfinden konnten?", fragte er vorsichtig.

„Ja Dottore. Ich habe die Mail gesehen! Gibt es weitere Informationen?", wollte er wissen.

„Commissario. Wir sind schnell und effizient. Aber mehr war leider in der Kürze der Zeit bis jetzt nicht machbar."

„Alles gut Dottore. Das habe ich auch nicht erwartet. Was wir haben, ist ja schon einiges. Bitte halten Sie mich und auch die Dottoressa auf dem Laufenden, sollten Sie noch weitere Informationen oder Ergebnisse sammeln. Wir sind bereits auf dem Weg zu den beiden Tatorten in Garda und Bardolino."

„Dann will ich Sie nicht aufhalten, Commissario. Wir bleiben in Kontakt."

Der Dottore verabschiedete sich. Das Telefonat war beendet. Der Commissario nahm die beiden Becher vom Dach und reichte einen dem Sergente. Dann stieg er ein. Wenig später fuhr der Alfa wieder auf die Strada und setzte seinen Weg Richtung Garda fort.

Capitolo ventinove: Garda und Bardolino

„Wir sind uns also einig?"

Die Männer schauten sich an. Keiner verzog eine Miene. Keine Augenbraue zuckte, kein Mundwinkel bewegte sich, kein Augenlied flatterte. Alle Männer hatten diesen starren Blick.

„Was heißt, wir sind uns einig? Wir haben lediglich eine zeitlich begrenzte Übereinkunft!", sagte der Alte, ohne sich zu bewegen.

„Sicher, nennen Sie es, wie sie wollen. Übereinkunft! Einig! Ganz egal.", sagte Modi und grinste innerlich.

Er hatte es geschafft. Er saß hier in Garda, in der Vinoteca Delizia und hatte gerade mit dem Paten einen Deal abgeschlossen. Das war sein Einstieg in die oberste Riege. Wenn der Fuß erst einmal drin war im Mafiageschäft, gab es eigentlich nur zwei Möglichkeiten. Erfolg oder Tod!

Das zweite kam für Modi dabei auf gar keinen Fall in Frage.

„Es ist nicht mehr, als eine begrenzte Übereinkunft!", bekräftigte der Alte nochmals und sein Begleiter bejahte dies mit einem emotionslosen Nicken.

Modi schaute abwechselnd zwischen allen Anwesenden hin und her. Er spürte, dass es in dieser Sache weder Verhandlungs-, noch Diskussionsspielraum gab. Der Pate aus Mailand war bestimmend in seiner Wort- und auch Tonwahl.

„Si Don Mario. Sie legen den Rahmen unserer Zusammenarbeit fest. Und ich, sowie meine Organisation werden uns daran halten."

Don Mario entspannte sich merklich. Ein leichtes Lächeln huschte über sein altes faltiges Gesicht.

„Dann lassen Sie uns in Verbindung bleiben. Wir werden Sie kontaktieren, wenn wir Sie oder Ihre Organisation benötigen!"

Die Herren erhoben sich. Der Begleiter zückte einen Bündel Scheine und bezahlte die Getränke. Dann verschwanden sie, wie sie gekommen waren. Zurück blieb ein Modi, der sich zu diesem Zeitpunkt sehr siegessicher war.

Einige Minuten später hatte auch Modi die Vinoteca Delizia verlassen und schlenderte die Promenade in Richtung Bardolino hinunter. An der Stelle, wo am Vorabend der Tote angespült wurde, blieb er stehen.
In einiger Entfernung stand ein Wagen der Polizia Locale und der Carabinieri. Touristen kreuzten seinen Weg. Modi blickte auf den See. Dann ging er weiter. Eine knappe Stunde später erreichte er die Promenade von Bardolino. Alle Stände und Bühnen für das Weinfest waren aufgebaut. Auch hier flanierten die Touristen zwischen den Ständen. Er ging langsam Richtung Hafen. Am Stand, an dem am Vorabend die vier Toten gefunden wurden, war mit Polizeiband eine Absperrung. Ein Fahrzeug der Polizia Locale stand nur wenige Meter entfernt. Das Fahrzeug war verlassen.
Er schaute sich um, konnte aber im ersten Moment niemand verdächtigen sehen. Modi ging ein paar Meter weiter und schaute sich um. Er war dabei so unauffällig, wie möglich. Immer wieder blieb er stehen, schaute auf den See, machte Bilder mit seinem Handy und gab sich als Touri.
Dann entdeckte er die Beamten der Polizia Locale. Sie kamen die Promenade hoch. Er beobachtete sie. Beide

gingen zuerst zu dem Stand. Sie gingen einmal herum und verschwanden dann in ihrem kleinen Fiat Panda.

Modi stand noch einen Moment an der Stelle und blickte sich um.

In einiger Entfernung waren drei Männer. Sie saßen auf einer kleinen Mauer. Einer von Ihnen aß ein Eis, die anderen zwei hatten ein Getränk. Sie trugen Sonnenbrillen und dunkle Kleidung. Alle drei sahen nicht nach Touristen aus. Südländer mit kantigen Gesichtern. Einer mit Vollbart, die beiden anderen mit einem Drei-Tage-Bart. Der Typ mit dem Vollbart trug zudem noch eine Augenklappe auf dem rechten Auge. Er hatte noch eine Narbe, die von der Stirn am linken Ohr hinunter bis zum Nacken ging. Einer der beiden anderen Männer hielt eine Actioncam in der Hand und schien zu filmen. Modi hatte die kleine Gruppe noch nicht bemerkt. Sie aber ihn. Schon seit geraumer Zeit waren sie in seiner Nähe. Seit Garda hatten sie ihn nicht mehr aus den Augen gelassen. Sie hatten Modi schon mehrmals mit ihrer Cam abgelichtet. Auch jetzt wieder.

Er stand noch immer etwas abseits und blickte auf den See. Sein Handy klingelte.

„Hallo Josip. Ja, es lief alles wie geplant. Dieser Don Mario hat angebissen. Wir sind im Geschäft. Ich melde mich wieder."

Modi legte auf. Ein Grinsen huschte über sein Gesicht. Er drehte sich um und schaute wieder zu dem Stand. Zu den Beamten der Polizia Locale hatten sich jetzt noch weitere Personen dazugesellt. Um genau zu sein drei. Alle drei hatten Overalls aus Papier oder Plastik an.

„Mist. Wo kommen die denn her? Die waren doch eben noch nicht da?", zischte Modi jetzt, dessen Grinsen verschwunden war.

Auch die drei Unbekannten waren verschwunden.

Aber die hatte Modi sowieso nicht bemerkt.

Capitolo trenta: Bardolino

Di Gallo und Botatzi bogen gerade auf den Parkplatz hinter der Promenade. Sie stellten Ihren Alfa ab und machten sich zu Fuß zum Stand der Bergwacht. Dort wartete bereits ein Trupp der Spurensicherung, die nochmals anrücken mussten.

„Ciao Commissario!", grüßte einer der Beamte als Botatzi am Stand erschien.

Dieser nickte nur kurz, schaute ins Innere des Standes und ging dann zu den Kollegen der Policia Locale.

„Gab es irgendwelche Vorkommnisse in den letzten Stunden?"

Der Beamte verneinte mit einem Kopfschütteln.

Modi stand noch immer in einiger Entfernung und beobachtete das Treiben. Verstehen konnte er die Unterhaltung der Beamten nicht. Dafür stand er zu weit entfernt.

„Das werden ja immer mehr! Hier muss ein Nest sein. Besser ich verschwinde! Ich werde später noch einmal vorbeischauen.", zischte er und verschwand ohne weiteres Aufsehen.

„Nun zu euch. Ihr sollt hier noch einmal Proben nehmen. Falls noch was zu holen ist! Das sagte mir jedenfalls die Dottoressa von unterwegs.", sagte der Commissario an die Herren in den weißen Ganzkörperanzügen.

„Es tut uns leid, Commissario. Das ist uns wirklich noch nie passiert. Ich meine, das mit den Proben. Wir… Wir… Wir haben noch nie DNA-Material liegen gelassen. Das ist uns wirklich sehr peinlich.", erklärte einer der Beamten.

Botatzi zuckte mit den Schultern und schaute zu di Gallo. Dieser stand unweit des Standes im Schatten. Er hatte keine guten Erinnerungen an diese Stelle.

Noch vor wenigen Stunden waren hier vier Leichen, die alles andere als mustergültig da lagen. Sie waren auf das übelste zugerichtet. Di Gallo hatte das sehr mitgenommen. Er war bewusstlos geworden.

Nun stand er unweit der Stelle und musste direkt wieder daran denken.

„Sergente? Sergente?"

Commissario Botatzi stand neben ihm und berührte ihn an der Schulter. Er zuckte zusammen. Mit großen Augen und Schweiß auf der Stirn schaute er den Commissario erschrocken an.

„Scusi, Commissario. Ich war… Ich musste an den gestrigen Abend denken und…"

„Schon gut, Sergente. Machen Sie eine Pause. Trinken Sie einen Kaffee dort drüben und wenn es Ihnen besser geht, kommen Sie zurück.", sagte der Commissario und klopfte ihm leicht auf die Schulter.

Di Gallo nickte und verschwand.

„Commissario?"

Stefano Botatzi drehte sich um. Vor ihm stand einer der Beamten der Spurensicherung.

„Commissario. Bitte kommen Sie. Das müssen Sie sich ansehen."

Botatzi verschwand mit dem Beamten im inneren des Standes. Überall war noch immer Blut. Es war mittlerweile getrocknet, aber es war überall. Überall standen kleine Hütchen mit Zahlen. Es war wie auf einem Minenfeld. Der Commissario folgte vorsichtig in den kleinen Raum.

„Sehen Sie. Das haben wir gefunden!", sagte der andere Beamte.

Der Mann hielt eine Nadel mit Resten eines Fadens hoch. An dem Faden, sowie an der Nadel klebte Blut.

„Das…"

„Genau Commissario! Das hier könnte die DNA des Mörders enthalten. Wir werden es untersuchen. Noch heute!", sagte der Beamte und steckte den Beweis in eine Tüte.

Botatzi nickte anerkennend. Er verließ das Innere und trat nach draußen. Eine leichte Brise schlug ihm entgegen. Die Sonne strahlte vom Himmel. Der Commissario hielt Ausschau nach seinem Sergente, konnte ihn aber nirgends erblicken.

Er ging zum Alfa. Sein Handy klingelte. Er blickte auf das Display. Luigi Schifferle leuchtete auf. Botatzi überlegte kurz und hob dann ab.

Capitolo trentuno: Malcesine und Tignale

Luigi Schifferle war schon wieder auf dem Sprung. Er hatte einen weiteren Termin mit Matteo Rossi in Malcesini. Der Vorvertrag lag ja bereits vor. Und dann waren da noch ein paar Dinge, die er klären wollte. Unter anderem musste er unbedingt diese Frau wiedersehen.

Der Morgen verlief allerdings bisher alles andere als optimal für ihn. Er hatte verschlafen, nachdem er am Vorabend ein paar Glas Wein zu viel in seinem Restaurant zu sich genommen hatte.

Heute morgen hatte seine Kaffeemaschine beim zweiten Kaffee den Geist aufgegeben und dann, vor wenigen Minuten war er mal wieder quer durch das Badezimmer gestolpert, nachdem er auf nassem Boden ausgerutscht war. Das war allerdings nichts Neues. So etwas passierte Luigi ständig. Bisher hatte er allerdings immer Glück gehabt. Mehr als ein paar blaue Flecken hatte er sich nicht geholt.

Etwa zwanzig Minuten später verließ er leicht humpelnd seine Wohnung. Er stieg in seinen Wagen und verließ kurz darauf Tignale in Richtung See. Ziel war wie immer Limone, von wo aus Luigi eines der Boote nach Malcesine nehmen wollte.

Kurz hinter Oldesio im Wald verlor Schifferle auf feuchter Fahrbahn die Kontrolle über seinen Wagen und drehte sich. Glücklicherweise hatte das keine Folgen und er konnte die Fahrt mit zittrigen Knien fortsetzen. Auch war zu diesem Zeitpunkt kein Verkehr auf der Strecke.

Er fluchte immer wieder leise vor sich hin. Luigi hoffte, dass seine Pechsträhne für den heutigen Tag endlich beendet sei. Langsamer als üblich fuhr er die restlichen Kilometer bis Limone. Mit einiger Verspätung kam er am Parkplatz an und ging dann schnellen Schrittes Richtung Hafen.

Er erreichte trotz der Verspätung noch sein Schiff und stand wenig später erleichtert an der Reling. Ein Automatenkaffee dampfte in seiner Hand. Luigi roch an dem Becher und verzog das Gesicht.

148

Birgit Schnippel-Limbach saß noch immer auf einer der Bänke am Hafen. Sie hatte sich im San Marco einen weiteren Kaffee geholt. Der Nebel lichtete sich langsam und gab den Blick auf das Plateau von Tignale frei.

Wieder musste sie an den Typ von gestern denken und wieder musste sie schmunzeln.

„Was machst du eigentlich hier? Du sitzt hier mit einem Kaffee in einem Ort, wo du niemanden kennst. Du hast keine feste Bleibe und keinen Job. Zu Hause in Deutschland war alles...“

Birgit stockte. Wut stieg in ihr auf. Sie dachte an ihren Mann und diese Praktikantin. Nur wegen ihr war sie Hals über Kopf geflüchtet. Ihr Handy vibrierte. Sie kramte es aus ihrer Hosentasche und blickte auf das Display. „Hase“ blinkte auf. Sie drückte das Gespräch weg und steckte es wieder ein. Wieder vibrierte es in ihrer Hose. Sie verzichtete, es erneut aus der Hosentasche zu holen und wartete bis es aufhörte. Kurz darauf vibrierte es zweimal kurz.

„Dieser Depp. Kaum denkt man an diesen Schuft, schon klingelt er an. Als ob er es gehört hätte! Ich muss unbedingt den Namen ändern von Hase zu Fretchen“

Birgit stand auf und ging nochmals zum San Marco. Diesmal tat es kein Kaffee mehr. Sie hatte sich gerade so aufgeregt, dass sie kurz darauf mit einem Aperol

Spritz rauskam. Persönlicher Rekord! Es war deutlich vor 12:00 Uhr.

Mit dem Becher ging es zurück an den Hafen. Ihre Bank war noch frei. Birgit setzte sich wieder und nippte an ihrem Becher. Von Limone aus näherte sich die Brennero, ein großes Fährschiff. Minuten später strömten eine Vielzahl von Touristen von dem Boot den schmalen Weg vom Hafen in die Altstadt. Birgit saß entspannt auf ihrer Bank, nippte weiterhin an ihrem Aperol und beobachtete die Menschen.

Dann sah sie ihn. Den Mann von gestern, dem sie unbeabsichtigt in die Achillesferse getreten war. Luigi Schifferle!

Birgit Schnippel-Limbach stand auf und positionierte sich direkt am Weg. In Ihrer Hand der Becher mit Aperol. Sie hob die Hand und winkte. Luigi blickte allerdings in die andere Richtung. Mit Becher und wild winkend, fing sie jetzt auch noch an zu rufen.

„Huhu! Hallo! Haaaaaaallo! Sieeeeeee! Hallooooo!"

Ein älteres Ehepaar mit Rollator ging kopfschüttelnd an ihr vorbei.

„Gucke mo, Lisbeth. Jetzt suffe die scho am frühe morga!", sagte der Alte als sie an Birgit vorbei waren.

Die schaute kurz kopfschüttelnd hinter den Alten her, konzentrierte sich dann aber wieder auf Luigi. Der war jetzt noch knapp zehn Meter von ihr entfernt.

„Hallo Sie!", schrie Birgit jetzt.

Luigi zuckte zusammen und schaute sie endlich an. Er grinste und blieb stehen. Eine Gruppe hinter ihm lief ihm ungebremst in die Ferse. Da war er wieder, dieser Schmerz. Er schrie auf und sackte dann kurz zusammen, konnte sich aber schnell wieder fangen.

Luigi bahnte sich einen Weg zu Birgit. Als er dann vor ihr stand sagte erstmal keiner von ihnen was.

„Ich habe leider gar keine Zeit. Ich habe einen Termin hier in der Nähe. Ich bin eh schon spät dran.", sagte er und wollte schon weitergehen.

„Wie finde ich Sie wieder?", fragte Birgit und Luigi stoppte erneut.

Er kramte in seiner Jackentasche und holte einen Stift hervor. Ohne ein weiteres Wort, nahm er ihre Hand und schrieb Namen und Handynummer drauf.

„Sorry, wirklich! Ich muss!", sagte er und war schon in der Menge verschwunden.

Zurück blieb eine etwas sprachlose Birgit Schnippel-Limbach. So hatte sie noch nie einen Mann kennengelernt. Das war die ungewöhnlichste Anmache ever! Und dabei dachte sie, das am gestrigen Tag wäre schon der Höhepunkt gewesen.

Luigi Schifferle erreichte sein neues Restaurant. Matteo Rossi wartete bereits.

„Scusi Matteo. Ich hatte heute morgen ein paar unvorhergesehene Zwischenfälle. Aber ich denke, ich bin noch in der typischen Italia Zeit.", sagte er und grinste Matteo an.

„Si Si Luigi, no problemo.", sagte er und grinste ebenfalls.

Eine knappe Stunde später waren beide fertig und verabschiedeten sich per Handschlag.

Luigi machte sich wieder auf Richtung Hafen. Die Gassen waren mittlerweile recht voll und er drückte sich an den Touristen vorbei.

Am Hafen angekommen, reihte er sich in die Schlange ein, die auf das nächste Schiff nach Limone warteten. Von der Frau war leider nichts mehr zu sehen.

Birgit Schnippel-Limbach hatte tatsächlich kurz nach dem Treffen am Hafen, diesen verlassen und war zurück in ihr B&B gegangen. Sie mietete das Zimmer ein paar weitere Tage an. Zeit genug, um sich klar zu werden, was sie wollte. Das hoffte sie jedenfalls.

Sie warf sich auf ihr Bett und schaute auf ihre Hand. Dort stand noch immer Luigi, sowie eine Nummer. Sie nahm ihr Handy und speicherte beides ab.

Dann überlegte sie kurz und drückte den Button. Es klingelte.

Capitolo trentadue: Kriminaltechnisches Labor Verona

Die kleine sterile Tüte mit der blutigen Nadel und dem Stück Faden hatte wie versprochen auf dem schnellsten Wege das Labor erreicht. Es waren bereits

Techniker des Kriminalamtes, sowie Mitarbeiter des Labors dabei, die Daten des brisanten Fundstückes zu sichern.

Ein Teil des Fadens schwamm bereits in einer farblosen chemischen Lösung. Der andere Teil lag unter einem Mikroskop. Die Nadel hatte auch bereits ein kurzes Bad in einer chemischen Lösung genommen, nachdem eine Probe des Blutes sichergestellt wurde.

Der Chemiker, ein Professore Dottore Filippi, schaute angespannt durch seine kleine Lesebrille. Vor ihm lag die erste Auswertung. Die Blutgruppe, sowie die Zusammensetzung des Fadens hatten die Beamten bereits feststellen können.

Aber der Alpha Beweis fehlte noch. Die DNA! Mit dieser könnten Sie innerhalb von Minuten feststellen, wer hinter diesen Morden steckte. Oder zumindest bestand die Möglichkeit es darüber herauszubekommen. Denn, darin waren sich alle einig, die Toten hatten etwas gemeinsam. Nur was, das galt es schnellstmöglich zu finden und sicherzustellen.

„Wir müssen dieses Puzzleteilchen finden. Auch wenn es noch so klein sein sollte. Und noch so unscheinbar. Irgendwo hier oder in unseren Aufzeichnungen muss etwas sein. Das ist die Suche nach der Nadel im Heuhaufen.", sagte der Professore in die Runde.

Die Kollegen nickten zustimmend und gingen wieder an die Arbeit. Filippi setzte sich an den Laptop und ging die Berichte der Toten durch die in den letzten Monaten besonders auffällig waren.

Eine Stunde später hatte der Professore fünf Tote in die engere Auswahl genommen, die in den letzten zwölf Monaten verstorben waren. Hierbei handelte es sich zum einen um den aktuellen Todesfall aus dem Gefängnis, Hans Vogtländer, sowie den vor wenigen Wochen tot aufgefundenen Waldemar Meier aus der Residence Villa Rosa. Dazu noch die Daten von diesem Dimitri Arkim, mit dem alles begonnen hatte. Dann hatte der Professore noch zwei weitere Tote aus der Kartei in die engere Auswahl genommen. Einen Drogendealer aus Verona und einen Pädophilen, der noch vor der Verurteilung auf dem Weg zur Urteilsverkündung von Unbekannten hingerichtet wurde.

Filippi hatte sich alle Zusammenfassungen der Berichte ausgedruckt und an das Board geheftet. Er stand davor und überflog jeden einzelnen.

Etwas abseits auf dem Board waren die bis dahin herausgefundenen Daten der aktuellen Toten aus Garda und Bardolino, sowie der Nadel und des Fadens.

„Professore! Könnten Sie bitte einmal schauen. Wir haben da vielleicht etwas, was von Bedeutung sein könnte.", sagte einer der Ärzte.

Filippi drehte sich um und nickte. Er folgte dem Kollegen zu einem Tisch. Dort standen mehrere Behälter mit Flüssigkeiten. Ein Teil des Fadens und die

Nadel lagen auf einem Tuch neben den Behältnissen. Daneben stand ein Laptop mit einem Lesegerät.

„Wir haben die ersten Ergebnisse der Untersuchung in die Datenbank eingegeben. Dann haben wir die Spuren aus den Untersuchungen, die wir mit dem Faden und der Nadel über diese Behältnisse bekommen haben, über das Lesegerät ebenfalls in die Datenbank eingelesen. Das Ergebnis ist noch nicht abschließend bestätigt und sicherlich müssen noch weitere Untersuchungen gemacht werden. Aber schauen Sie selbst…!"

Filippi schaute auf den Laptop. Seine Augen wurden immer größer. Er wischte sich mit einem Tuch aus seinem Kittel durch das Gesicht und schaute wieder auf den kleinen Bildschirm.

„Die Spuren auf dem Faden, sowie der Nadel stimmen zu 99,9% mit denen überein, die wir auf der Leiche im Gefängnis gefunden haben. Bei diesem Hans Vogtländer! Und… Wenn mich nicht alles täuscht, waren diese Spuren auch auf der Leiche aus der Ferienanlage zu finden. Dazu müsste ich aber nochmals den Bericht aus dem Archiv anfordern! Wenn dem so sein sollte, ist diese Organisation noch immer am Gardasee zugegen.", sagte der Professore und schaute mit großen Augen einen nach dem anderen an.

„Und wenn dem wirklich so ist, müssen wir alle Instanzen informieren. Und zwar bis nach Rom! Nein, was sage ich, bis Brüssel!"

Capitolo trentatré: Residence Villa Rosa Garda

Frieda Butzkamp und ihr Schwiegersohn Manfred waren mittlerweile an der Promenade in Garda angekommen. Jedoch mussten sie mehrmals eine Pause einlegen, da Manfred des Öfteren Kreislauf hatte.

Frieda, die ja doch schon zur Generation 60+ gehörte, konnte da nur mit dem Kopf schütteln. Kreislauf hatte sie bisher nur bei der Geburt ihrer Tochter Zita. Und das war schon gut vierzig Jahre her.

„Mani, Junge! Damit das klar ist, das machen wir jetzt nicht jeden Tag. Wenn du Kreislauf hast, musst du früh ins Bett, anstatt hier durch die Nacht zu ziehen.", sagte Frieda, nachdem sie endlich an der Promenade standen.

Schwäbele verdrehte sie Augen.

„Nenn mich nicht Mani. Du weißt, dass ich das hasse. Was sollen die Leute von uns denken?"

„Das ist mir egal! Mich kennt hier niemand. Aber wenn du so weitermachst, wirst du hier ganz schnell die Nummer eins!", konterte Frieda.

Damit war erstmal Funkstille zwischen den beiden. Das kam ja zum Glück nicht so selten vor. Also wusste jeder wie er damit umzugehen hatte.

Beide gingen schweigend nebeneinander her. Vor den Tischen der Vinoteca Delizia blieb Frieda Butzkamp stehen.

„Nein, bitte nicht hier! Ich habe da... Ich... Ich denke wir sollten uns hier nicht niederlassen Schwiemu.", sagte Manfred leicht panisch.

„Aber warum nicht? Ich finde es hier immer sehr schön. Das Glas ist immer voll von voll!"

Manfred wollte noch etwas sagen, aber es war bereits zu spät. Frieda hatte sich an einen der Tische gesetzt. Schwäbele wusste, dass es nun unmöglich war, hier noch wegzukommen. Er setzte sich dazu.

Beide bestellten einen Aperol Spritz. Als dieser kam, setzte Manfred an und nahm erst einmal einen großen Schluck. Frieda schaute nur zu und schüttelte den Kopf.

„Siehst du. Genau das habe ich gemeint. Kannst du nicht einfach ganz normal? Jetzt weißt du auch, wo dein Kreislauf herkommt.", sagte sie und konnte sich ein sarkastisches Grinsen nicht verkneifen.

Manfred zog eine Schnute und setzte gleich nochmal an. Dann winkte er der Bedienung und bestellte einen weiteren Aperol Spritz.

Die Gruppe um Lothar Hartmann hatte bereits eine Stunde zuvor die Promenade von Garda erreicht und saß gerade im Café Roma. Sie hatten sich bei einem typischen italienischen Frühstück gestärkt und wollten in der nächsten Stunde mit dem Schiff in Richtung Sirmione und Desenzano fahren. Heute standen ein wenig Kultur und See auf dem Programm. Alle hatten ihre Badesachen dabei. Vielleicht gab es noch eine

Gelegenheit ins Wasser zu hüpfen. Die Temperaturen waren in den letzten Tagen ja nicht merklich nach unten gegangen. Und bisher gab es auch kaum Regentage.

Bruno kam gerade von der Toilette. Er war etwas aus der Puste.

„Ladies! Ich habe uns noch einen kleinen Prosecco bestellt. Damit wir alle die Fahrt mit der Titanic überstehen.", sagte Bruno und gluckste vor sich hin.

Die anderen lachten im Chor.

„Aber nach dem Prosecco müssen wir zum Schiff.", warf Peter ein.

Bei Manfred und Frieda gab es bereits die vierte Runde. Wobei Runde etwas übertrieben war. Frieda hatte immer noch ihren ersten Aperol, während Manfred gerade den vierten bestellt hatte.

„Siehst du. Genau das wird wieder in Kreislauf enden!", sagte sie kopfschüttelnd.

Manfred winkte ab. Er hatte rote Backen und bereits einen leicht glasigen Blick.

„Neeee, Schwiemu! Allesch okey. Im Moment habe isch bestimmt kein Kreischlauf! Im Moment habe isch nur kribbeln in mein Kopf", sagte Manfred und setzte sein Glas an.

„Junge, jetzt mach mal ein bisschen langsam. Es ist doch noch früh."

„Sag nisch Junge schu mir, Schwiemu!"

Frieda verdrehte die Augen. Sie wusste, das Manfred bereits eine Linie überschritten hatte. Aber was sollte sie machen? Er war alt genug. Auch wenn er das in diesem Moment gerade zu vergessen schien.

„Immer muscht du misch kritischieren. Isch bin ald genuch. Verstehscht du!", sagte er und griff wieder nach seinem Glas.

„Alles gut Manfred. Du hast so recht."; sagte Frieda jetzt und nippte an ihrem Glas.

„Sag isch doch, Schwiemu. Isch hab rescht."

Frieda Butzkamp winkte der Bedienung und ließ sich die Rechnung bringen. Kurz darauf verließen beide die Vinoteca. Manfred hatte die ersten Meter leichte Koordinationsprobleme. Frieda dachte noch kurz, ihn abzustützen, entschied sich dann aber doch ein paar Schritte vorauszugehen. Sie hatte keine Lust, sich dieses peinliche Schauspiel anzusehen. Manfred hingegen hatte recht schnell die Kontrolle wieder- gefunden.

Langsam gingen sie die Promenade entlang Richtung Schiffsanleger der Navigarda. Von rechts wurden sie von einer Gruppe Männer überholt. Sie sprachen alle Deutsch, was ja nichts Außergewöhnliches war. Er schaute hinüber, da ihm eine Stimme bekannt vorkam. Er schaute, konnte jedoch kein bekanntes Gesicht er- kennen.

Frieda und Manfred gingen weiter. Einer der Männer drehte sich um.

„Schau mal Mani, die Gruppe aus der Villa Rosa. Die aus der Wohnung ganz oben."

Manfred schaute sie strafend an. Sie hielt sich die Hand vor den Mund.

„Isch sagte doch… Nenn misch nisch Mani!"

Manfred schaute nochmals. Irgendwie kam ihm einer der Männer sehr bekannt vor. Aber woher?

Lothar Hartmann drehte sich um. Er schaute Manfred an. Kurz zwinkerte er ihm mit den Augen zu und drehte sich dann wieder um. Die Gruppe entfernte sich schnell.

Frieda Butzkamp und Manfred Schwäbele standen kurz darauf am Schiffsanleger.

„Wohin wollen wir?", fragte Frieda.

Manfred zuckte nur mit den Schultern.

Frieda ging zum Kartenhäuschen und löste zwei Karten. Sie stellte sich in die linke Schlange. Das Schiff war noch nicht da. Die Männergruppe aus der Residence Villa Rosa stand in der anderen Schlange.

„Wo fahren wir jetzt hin?", fragte Manfred.

Wir fahren nach Salò!", antwortete sie.

Manfred verzog das Gesicht, sagte aber nichts.

Ein paar Stunden später waren beide wieder in Garda. Manfred Schwäbele war mittlerweile wieder nüchtern. Er hatte in Salò nur noch einen Aperol Spritz getrunken. Ansonsten gab es nicht viel zu erzählen. Der Aufenthalt war sehr eintönig. Die Einzige, die sich amüsierte war Frieda.

Schnell ging es ohne einen Stopp in der Vinoteca Delizia, zurück zur Residence Villa Rosa. Frieda zog sich um und ging direkt an den Pool. Manfred blieb im Apartment. Er zog sich ebenfalls um, öffnete eine Flasche Wein und setzte sich auf den Balkon.

Frieda lag in der Nähe des Kyosk One. Ihr Platz war von dem gemeinsamen Apartment nicht zu sehen. Sie genoss die Ruhe. Yvonne stand hinter der Theke und tippte etwas auf ihrem Handy. Im Hintergrund lief die Paolo Hymne „Ah che bello".

Frieda summte mit, während sie sich eincremte. Die Saison war fast vorbei. Nicht mehr jede Liege war belegt, nicht mehr die Masse war im Pool. Aber noch waren alle Apartments belegt.

Paolo näherte sich von Osvaldo her. Er summte ebenfalls „Ah che bello". Frieda entdeckte ihn. Für einen kurzen Augenblick verschwand er, tauchte aber gleich hinter der Theke auf. Frieda überlegte kurz, erhob sich dann und ging zur Theke.

„Ciao, Frieda. Wie geht es?", fragte er, als er sie sah.

„Danke, Paolo. Mir geht es gut. Es ist einfach traumhaft schön hier.", sagte sie und lächelte.

„Kann ich dich was fragen?", schob sie hinterher.

„Si. Natürlich."

„Alleine? Unter vier Augen?"

Paolo lächelte und nickte. Er verschwand hinter der Theke und kam nach vorne.

„Frieda?! Prego, was mochtest du frage?"

Frieda Butzkamp war gerade ein wenig überfordert. So schnell hatte sie nicht damit gerechnet. Sie war kurz sprachlos, fing sich aber recht schnell wieder.

„Ich wollte dir eigentlich nur sagen, wie sehr ich dich beneide. Es ist einfach Wahnsinn, was du hier geschafft hast. Ich wünschte, mein Schwiegersohn würde das auch sehen. Aber er hat keine Augen dafür. Er …"

Frieda stockte und Paolo sah sie fragend an.

„Mein Schwiegersohn hält leider nicht viel von dir. Er… Es gibt kein gutes Wort über dich von ihm. Er…"

Paolo schaute sie an und lächelte.

„Iste gut. Du wirste nicht jeden finden, der sagt alles gut. Ich… Ich kann nicht alle machen recht. Das will ich auch nicht."

Beide schauten sich an. Frieda lächelte erleichtert.

Capitolo trentaquattro: Bardolino

Mohamad Ibn Al Hamadi, oder einfach nur Modi, erreichte wieder die Promenade. Er ging in die Nähe des Standes. Alle Fahrzeuge der Polizei waren weg. Nur der kleine Fiat der Polizia Locale stand noch etwas abseits. Das Fahrzeug war allerdings unbesetzt und auch sonst war weit und breit niemand zu sehen.

Modi blickte sich um.

Etwas entfernt waren auch wieder diese drei Männer. Sie saßen im Caffè Esagono. Von dort hatten sie einen ungestörten Blick auf die ersten Stände des Weinfestes. Auch das der Bergwacht und somit auch auf Modi, der ganz in der Nähe davon stand. Modi sah die Männer nicht.

Einer von ihnen machte abwechselnd mit dem Handy und einer Sofortbildkamera Fotos, ein zweiter notierte sich immer wieder etwas in einem kleinen Notizbuch, während der dritte einfach nur da saß und starr auf die Promenade blickte.

Der Mann mit der Kamera stand auf und ging ein paar Schritte die Promenade hinunter. Immer wieder machte er ein Bild vom See und auch von Modi. Er ging an ihm vorbei und schaute sich noch ein wenig um. Dabei machte er noch gut ein Dutzend weiterer Bilder. Er ging zurück zum Tisch und setzte sich. Er legte die Bilder auf den Tisch. Die beide anderen schauten drauf und nickten stumm.

Modi ging langsam zu dem abgesperrten Stand der Bergwacht. Noch immer war von den Polizisten nichts zu sehen. Er hoffte natürlich, dass sie nicht im Inneren des Weinstandes waren. Er ging an die Türe an der Seite und versuchte sie vorsichtig zu öffnen. Er drückte die Klinke runter, aber die Tür war verschlossen.

„Mist! Warum ist die Tür abgeschlossen?"

Modi blickte sich um. Bis auf ein paar Touristen war nichts zu sehen. Nochmals schaute er zum Fiat der Polizia Locale. Dieser stand noch immer verlassen in einiger Entfernung. Modi schlich um den Stand herum. Nirgends war allerdings ein Reinkommen möglich. Aus den Augenwinkeln konnte er nun die Beamten der Polizia Lokale sehen. Sie näherten sich aus dem Waldstück.

Unbemerkt entfernte er sich von dem Weinstand. Er ging zu einer Bank am See. Dort setzte er sich hin und schaute wieder zum Stand und dem Auto der Polizia Locale. Die beiden Beamten setzten sich auf die Motorhaube des Wagens und unterhielten sich. Dabei schauten sie immer wieder von einer Seite zur anderen.

Modi verharrte auf seiner Bank. Er blickte sich um. In einiger Entfernung sah er diese drei Männer. Irgendwie kamen sie ihm bekannt vor. Er kniff die Augen zusammen und schaute abermals zu ihnen rüber. Einer der Männer machte ein Bild. Die anderen beiden schauten in seine Richtung.

„Wer zum Teufel sind diese Typen? Die waren doch heute schon einmal hier. Da standen sie hinten an der Brücke. Mafia? Oder Geheimpolizei? Mist!"

Modi wurde nervös. Wieder schaute er hinüber. Die drei waren weg. Für einen kurzen Moment war Modi erleichtert. Dann entdeckte er sie etwa zehn Meter von ihm entfernt. Sie gingen in einiger Entfernung langsam an ihm vorbei. Als sie auf seiner Höhe waren, sahen sie alle zu ihm rüber. Modi schaute nervös auf den Boden. Als er wieder aufblickte waren sie weg. Er blickte sich um und entdeckte sie etwas weiter die Promenade entlang.

Auf der anderen Seite, bei der Polizia Locale, war weiterhin alles unverändert. Beide saßen noch immer auf der Motorhaube und unterhielten sich.

„Super, der Stand ist bestens bewacht. Die sitzen sicherlich 24 Stunden hier. Da ist nichts zu machen. Und diese drei Männer dort hinten? Ich muss vorsichtig sein. Das ist kein Zufall. Jetzt erst einmal weg von hier. Am besten ohne meine neuen Schatten."

Damit verschwand Modi. Jedoch nicht ohne ständig zu schauen, ob jemand ihm folgte. Schnellen Schrittes machte er sich auf zurück nach Garda.

Capitolo trentacinque: Am Telefon

„Was machst du hier eigentlich Birgit? Gerade erst in einem fremden Land angekommen und schon hast du dir einen angelacht! Du bist auch nicht besser als dein Mann."

Birgit Schnippel-Limbach hielt ihr Handy ans Ohr. Das Gegenüber hatte noch nicht abgenommen. Es klingelte bereits zum siebten Mal. Birgit ließ das Handy langsam sinken. Dann hob doch noch jemand am anderen Ende ab.

„Schifferle!"

Birgit hob das Handy wieder ans Ohr. Stille.

„Hallo? Wer ist denn da?"

Birgit war plötzlich nervös. Sie zitterte. Das Herz pochte bis zum Hals.

„Hallo? Ich… Sie haben mir ihre Nummer auf die Hand geschrieben! Erinnern Sie sich?"

Wieder Stille. Diesmal allerdings von Luigi.

„Ich erinnere mich. Die Frau, die mir in die Achillesferse getreten ist. Sie waren heute am Hafen in Malcesine als ich ankam."

„Die Frau, die ihnen in die Achillesferse getreten ist, heißt Birgit!", sagte sie und hätte sich im nächsten Moment ohrfeigen können.

„Sehr erfreut, Birgit. Mein Name ist Luigi."

Sie musste lachen.

„Warum lachen Sie jetzt?"

„Naja. Luigi Schifferle ist schon eine recht komische Namenskombination. Vorne Italienisch und hinten… irgendwie Schwäbisch?", folgerte sie.

„Richtig kombiniert, Birgit Holmes.", konterte Luigi.

„Warum Holmes? „Wie kommen Sie darauf, dass ich Holmes…"

Sie stockte. Und hätte sich gleich ein weiteres Mal ohrfeigen können.

„Oh, klar. Ja. Ich stehe gerade ein wenig auf der Leitung. Ich mache so etwas nicht sehr oft. Ich meine, eine Nummer, die ich auf die Hand geschrieben bekomme, anzurufen."

„Ich schreibe auch nicht oft meine Nummer auf fremde Hände.", antwortete er.

Kurzes Schweigen. Beide atmeten tief durch.

„Wie heißt denn Birgit Holmes jetzt richtig?", fragte Luigi.

„Birgit Schnippel-Limbach!"

Wieder Stille. Ein leichtes Kratzen und Wimmern war zu hören. Dann konnte Luigi nicht mehr und musste lauthals lachen.

„Scusi, aber ihr Name kann auch problemlos mit Luigi Schifferle mithalten."

„Okay, einigen wir uns auf ein Unentschieden. Die Namen sind schon ein wenig speziell. Wie geht es ihrer Achillesferse?", fragte Birgit.

Luigi verzog das Gesicht, was Birgit natürlich nicht sehen konnte.

„Der geht es schon viel besser. Sie zwickt noch ein wenig, aber ich denke das wird schon wieder. Sie haben aber auch mit ganz viel Kraft da reingekrätscht."

Birgit kicherte.

„Ja, wenn ich was mache, dann richtig."

Ein leichtes Brummen war zu hören. Luigi rieb sich die Ferse. Im Fußball wäre das die Rote Karte gewesen.

„Ja, das denke ich. Sie sind mir eigentlich was schuldig! Sie haben mich fast zum Invaliden gemacht."

„Naja, aber nur fast. An was haben Sie gedacht?"

Es war still. Luigi überlegte.

„Ich dachte an eine gemeinsame Tasse Kaffee. Was halten Sie von morgen? Da wollte ich nach Garda. Vielleicht können wir uns dort treffen. Die Straßen dort sind breiter. Also keine Gefahr für die Achillessehne."

Beide mussten lachen.

„Ja, das klingt gut. Ich habe ja Ihre Nummer und Sie jetzt auch meine. Und Kaffee in Garda hört sich auch gut an. Also sehen wir uns morgen?"

Kurz darauf war das Telefonat beendet. Birgit lag auf ihrem Bett und starrte an die Decke. Sie grinste.

Luigi machte einen Luftsprung und lachte triumphierend auf. Beide waren mit dem Ergebnis mehr als zufrieden.

Capitolo trentasei: An der Ostseite des Sees

Botatzi hatte gerade mit Professore Dottore Filippi telefoniert. Der hatte ihm die vorläufigen Ergebnisse der Untersuchungen bekanntgegeben. Gerade summte es mehrmals.

„Das müssen die Ergebnisse sein, von denen der Professore gerade erzählt hatte. Halten Sie doch mal da vorne Sergente. Das schauen wir uns mal an bei einem Espresso.", sagte der Commissario zu di Gallo.

Dieser lenkte den Alfa Romeo nach knapp 200 Meter auf den Parkplatz direkt am See. Sie stellten das Fahrzeug ab und der Sergente ging zum kleinen Kiosk.

Fünf Minuten später standen beide unweit des Parkplatzes unter Bäumen und tranken ihren Espresso. Botatzi öffnete die Mails auf seinem Telefon und schaute sich die Informationen des Professore an.

„Nicht schlecht. Wenn das stimmt, was hier steht und was die Leichenfledderer herausbekommen haben, dann haben wir immer noch die Organisation hier am See. Schauen Sie, Sergente!", und übergab sein Telefon an di Gallo.

Der Sergente schaute sich ebenfalls die Mail des Professore an und staunte nicht schlecht.

„Was sollen wir tun, Commissario?"

„Nun, ich denke wir müssen die Dottoressa informieren. Das ist eigentlich eine Nummer zu groß für uns. Und wenn da mehr, als die Organisation dahinter steckt, erst recht."

Nach weiteren Minuten stiegen beide wieder in ihren Alfa und verließen den Parkplatz wieder. Di Gallo reihte sich in den fließenden Verkehr ein.

Botatzi schaute immer wieder auf sein Telefon, auf die Mail von Filippi. Immer wieder las er die Worte und schaute sich die Anhänge an, während di Gallo den Wagen durch Malcesine lenkte.

„Bitte halten Sie nochmals, Sergente."

Di Gallo schaute kurz rüber und blieb an der nächsten Möglichkeit stehen. Botatzi stürmte aus dem Wagen und lief auf das Ufer zu. Er blieb stehen und schaute auf den See hinaus. Mehrmals atmete der Commissario tief ein und wieder aus. Er ging zurück zum Wagen und stieg wieder ein.

„Wir können weiter."

Botatzi schnallte sich an. Er nahm sein Telefon und wählte die Nummer von Susanna Luca. Es dauerte ein wenig, bis seine Chefin abnahm. Leicht gehetzt meldete sie sich am anderen Ende.

„Prego. Vice-Questore Susanna Luca."

Das war mal wieder typisch, dachte sich der Commissario. Sie ging ans Telefon, ohne auch nur einmal auf das Display zu schauen.

„Dottoressa Luca. Hier spricht Commissario Botatzi. Ich rufe Sie an, weil ich eine Nachricht aus dem Kriminaltechnischen Labor in Verona erhalten habe …"

170

„Von diesem Professore Dottore Filippi?", unterbrach sie ihn.

„Si, aber woher…"

„Was denken Sie Commissario? Er hat es natürlich auch an mich geschickt. Wer weiß wohin noch. Diesem einfältigen Kittelhaken traue ich alles zu. Dieser Arzt ist eine Vollkatastrophe.", schweifte sie aus.

Botatzi verdrehte die Augen. Seine Chefin war gerade dabei, sich in Rage zu reden. Das konnte dann gut und gerne mal ein paar Minuten dauern.

„Hören Sie, Commissario. Wir müssen unter allen Umständen dafür sorgen, dass das Weinfest von Bardolino ohne Verzögerung öffnen kann. Ich habe da was läuten hören, dass Rom mal wieder nervös ist. Und wenn die uns ihre Hunde auf den Hals hetzen, dann ist es mit der Gardasee Idylle zu Ende. Also setzen Sie alle Hebel in Bewegung. Haben Sie mich verstanden!"

Susanna Luca musste husten. Sie hatte, ohne einmal Luft zu holen geredet und hatte jetzt Mühe sich zu beruhigen. Botatzi konnte sich das sehr gut vorstellen, wie sie da jetzt an ihrem Schreibtisch saß, mit hochrotem Kopf. Aber egal was war, der liebe Gott würde sie eh nicht zu sich holen. Der war froh, dass sie hier unten war. Wenn die erst einmal da oben war, würde eine große Flüchtlingswelle losbrechen und alle würden freiwillig nach unten gehen. Bei dem Gedanken musste er jetzt innerlich grinsen.

Di Gallo schaute ihn an. Er konnte sich denken, was am anderen Ende los war.

„Si, Dottoressa. Das war auch unsere Intention. Wir sind bereits wieder auf dem Weg nach Bardolino."

„Gut gut, Commissario. Halten Sie mich auf dem Laufenden. Ich werde jetzt versuchen herauszubekommen, wo dieser Kittelhaken die Info überall hingestreut hat. Ich kann mir gut vorstellen, dass er das nach Rom geschickt hat!"

Damit legte sie auf, ohne auf eine weitere Reaktion von Botatzi zu warten.

Der war etwas irritiert, musste aber dennoch erst einmal laut ausatmen.

„Sie war mal wieder in ihrem Element!", stelle di Gallo fest.

Der Commissario nickte nur. Er öffnete das Fenster einen Spalt und kühle frische Luft strömte ins Innere des Wagens. Beide sogen die Luft geräuschvoll ein.

Di Gallo lenkte den Wagen weiter hinter eine Kolonne von Fahrzeugen her. Ganz vorne fuhr ein Gespann. Vermutlich ein Wohnwagen aus Deutschland. Dieser fuhr genau fünfzig. Di Gallo trommelte auf sein Lenkrad.

Das Telefon von Botatzi klingelte wieder. Er nahm es, schaute drauf. Susanna Luca wurde angezeigt. Er ging ran.

„Si…"

„Che Idiota! Dieser… Dieser Vollidiot von einem Kittelhaken! Nicht nur nach Rom hat er diese Mail ge-

172

schickt! Noooooooo… Er musste es auch noch nach Brüssel schicken. So ein… So ein…Stronzo!"

Aufgelegt!

Botatzi schaute abwechselnd zu di Gallo und auf sein Telefon.

„Wow, das war einmal Vesuv live!", sagte di Gallo, der alles hören konnte.

Botatzi nickte nur und schaute immer noch ungläubig auf sein Telefon. So hatte er Susanna Luca noch nie erlebt.

Unterdessen rollte die Kolonne mit dem Alfa Romeo durch Torri del Benaco. Langsam näherten sie sich wieder Garda.

Capitolo trentasette: Residence Villa Rosa Garda

Margot Mallmann saß an einem Tisch im Kyosk One. Zu ihren Füßen lag Herr Schmitz. Er schlief. Gerade erst waren beide eine Runde gelaufen. Der Cappuccino dampfte. Sie beobachtete den Pool und das ganze Drumherum. Margot Mallmann war, was das anging, eine sehr wissbegierige Person und verheimlichte es auch nicht, wenn sie Leute beobachtete.

Sie machte das ohne Scham oder schlechtes Gewissen. So auch jetzt.

Im Pool schwamm eine ältere Dame. Sie war deshalb so interessant, weil sie unmöglich gekleidet war. Sie hatte eine sehr üppige und überproportionale Figur, trug aber einen knapp geschnittenen Bikini in pink. Im Wasser fiel das erst einmal nicht auf, aber Margot Mallmann hatte sie ja bereits beim Hineingehen beobachtet.

Vom Parkplatz kommend näherte sich Gino. Er hatte Achille im Schlepptau. Der Hund folgte hechelnd in einigem Abstand. Mit kleinen schnellen Schritten ging er an Margot vorbei, blieb kurz stehen, grüßte und ging dann weiter zur Theke.

Achille hingegen blieb bereits vor den Treppen stehen und legte sich erschöpft hin. Herr Schmitz wurde wach und erblickte Achille. Er knurrte.

„Sei still Herr Schmitz. Das ist doch nur der Achille."

Herr Schmitz knurrte noch einmal auf, senkte dann aber seinen Kopf und schloss die Augen. Aus dem Knurren wurde ein leises Schnarchen.

Auch Achille schien sich nicht sonderlich für den anderen Hund zu interessieren. Er stand auf und wankte zur Dusche. Dort blieb er stehen und wartete. Yvonne eilte aus dem Kyosk One heran und drehte das Wasser auf. Achille trank, wobei eine kleine Dusche inbegriffen war.

Paolo näherte sich vom Osvaldo Shop kommend. Er summte sein Ah che bello Lied und war bester Laune.

Er ging zur Theke. Margot erhob sich und ging ebenfalls zur Theke.

„Paolo! Kann ich dich mal was fragen?"

„Si, naturlich kannst du fragen Magot."

„Das da heute morgen hier am Pool… Ich meine dieser Mann, der hier lag… Findest du das nicht ein bisschen merkwürdig? Warum hat er am Pool geschlafen und nicht in seinem Apartment?"

Margot Mallmann schaute Paolo mit zusammengekniffenen Augen an.

„Ich habe kein Ahnung. Es kommte nicht ofte vor, sowas. Ich meine, dass wir jemand finde am Pool. Lebend!", sagte Paolo mit einem Grinsen.

„Aber komisch ist es schon. Der Mann ist doch mit einer älteren Dame hier? Seine Freundin?", bohrte Margot nach.

Paolo schaute sie jetzt leicht entsetzt an.

„No no! Sie ist… Suocera… Wie sagt man bei euch? Mutter von Frau?"

„Schwiegermutter.", sagte Margot.

„Si. Schwier…mama. Sie mache gemeinsam Urlaub. Mehr nichte."

Margot nickte etwas ungläubig.

„Und dieser Mann? Der, der ganz unten wohnt. Dieser etwas eigenartige. Den habe ich heute morgen auch schon ganz früh weggehen sehen. Da war das Tor noch zu. Er ist zu Fuß weg. Hat sich irgendwie komisch verhalten.", bohrte Margot jetzt an anderer Stelle weiter.

„Was meinst du Margot? Ich verstehe nicht."

Margot schaute an die Decke.

„Na dieser südländische Typ. Der aus der unteren Wohnung dort drüben."

Sie zeigte jetzt mit dem Arm in die Richtung.

„Der ist glaube ich mit mir angereist."

„Ah, jetzt ich verstehe. Du meinst diesen, diesen… Ist mir nicht aufgefallen. Es kann doch jeder tun, was er machen möchte. Niemand ist gefangen hier. Und alle habe Schlussel für Tor."

Margot Mallmann kam nicht weiter. Sie ging zurück zu ihrem Tisch. Herr Schmitz lag noch immer darunter und schlief. Sie trank ihren mittlerweile kalten Cappuccino aus. Margot hatte keine Lust mehr Leute zu beobachten. Der pinke Bikini war auch verschwunden. Sie stand auf und bezahlte ihren Cappuccino. Dann zog sie Herrn Schmitz hinter sich her und verschwand in ihrem Apartment.

Capitolo trentotto: Garda

Mit den ersten Sonnenstrahlen erwachte Birgit Schnippel-Limbach. Eigentlich hatte sie letzte Nacht kaum ein Auge zugemacht. Dabei war sie extra noch einmal eine Runde durch Malcesine gegangen, bevor sie zu Bett gegangen war.

Vielleicht hätte sie aber auch einfach den Cappuccino und den anschließenden Espresso kurz vor dem Schlafengehen sein lassen sollen. Schließlich gab es in Deutschland nach 15:00 Uhr auch keine koffeinhaltigen Heißgetränke mehr für sie.

Birgit ging ins Bad. Als sie in den Spiegel schaute, erschrak sie. Sie hatte Augenringe des Todes. Die Panzerknacker aus Entenhausen würden sie glatt einstellen.

Nach einer heiß-kalten Dusche und ein wenig Farbe war kurz darauf von den schattigen Augen nichts mehr zu sehen.

Sie verließ ihre B&B Unterkunft und machte sich auf zur Bushaltestelle. Kurz darauf stieg sie in den Bus Richtung Verona.

Luigi Schifferle hatte hervorragend geschlafen. Er hatte an diesem Morgen ohne Zwischenfall geduscht und war bereits auf dem Weg Richtung See.

Luigi wollte die Fähre in Toscolano-Maderno erwischen. Damit würde er knapp eine Stunde einsparen. Wenn er die nächste Fähre allerdings verpassen würde, würde er mehr als eine Stunde verlieren. Daran dachte er aber nicht. Luigi war fest davon überzeugt, es zu schaffen.

Er war mittlerweile am See angekommen und fuhr jetzt Richtung Gargnano. Der Verkehr war noch recht überschaubar. Trotzdem hatte er zweimal einen langsamen Wagen vor sich. Ein niederländisches und ein dänisches Auto. Beide kosteten ihn, alles in allem, knapp zehn Minuten. In letzter Minute erreichte er den Hafen und die Anlegestelle der Fähre. Er löste das Ticket und fuhr als letzter auf das Schiff.

Fast zeitgleich kamen Birgit Schnippel-Limbach und Luigi Schifferle in Garda an. Der Bus stand einige Male im Stau. Und auch Luigi hatte bei Punta San Vigilio zähfließenden Verkehr.

Birgit stand am Busbahnhof und wusste gerade nicht wohin. Sie ging durch die Unterführung und durch die Gassen bis zur Promenade. Dort setzte sie sich auf eine freie Bank und schaute auf den See hinaus.

Luigi stellte seinen Wagen ganz in der Nähe des Busbahnhofs auf dem großen Parkplatz ab. Beide hatten sich nur wenige Sekunden verpasst. Birgit war gerade in der Unterführung, als Luigi in den Kreisel einfuhr, um den Parkplatz zu erreichen.

Auch er ging durch die Unterführung und stand kurz darauf vor dem Municipio von Garda.

Birgit saß noch immer auf der Bank, gar nicht weit entfernt. Sie nahm ihr Handy und wählte die Nummer von Luigi. Freizeichen! Sie hörte es sogar klingeln!

„Datt is jo verrickt. Ich rufe aan un heret delefon klingele."

„Das liegt wohl daran, dass ich direkt hinter Ihnen stehe.", hörte sie jetzt eine amüsierte Stimme.

Birgit drehte sich um sah in das Gesicht des grinsenden Luigi. Sie stand auf. Beide gaben sich zaghaft die Hand.

„Haben Sie gut hergefunden?"

„Ich denke schon. Aber es war doch eine recht lange Fahrt mit dem Bus."

„Das liegt daran, dass Sie hier nur fünfzig fahren dürfen. Und dann hält der Bus sicherlich auch noch überall."

Birgit nickte. Was sollte sie auch anderes machen.

„Was wollen Sie machen? Haben Sie schon was gefrühstückt?"

Birgit schüttelte den Kopf.

„Na dann los. Gehen wir was frühstücken."

Zusammen gingen sie ins Café Roma, was nur wenige Schritte entfernt lag. Sie ergatterten einen Tisch in der vorderen Reihe.

„Sie sind das erste Mal hier am Gardasee?"

Birgit nickte.

„Ja, das erste Mal. Aber…"

Sie stockte einen Moment.

„Aber, könnten wir vielleicht das „Sie" weglassen. Ich finde es dann so distanziert.", sagte sie und bekam dabei rote Wangen.

„Aber sicher doch. Also ich bin der Luigi."

„Ich bin die Birgit. Aber du kannst auch Bigi sagen, wenn du magst."

Luigi winkte dem Kellner.

„Due Prosecco prego!"

Der Kellner nickte und verschwand. Kurz darauf kam er mit zwei Gläsern zurück.

„Also nochmal. Ich bin Luigi."

Er nahm eines der Gläser.

Und ich die Birgit."

„Salute Bigi."

„Salute Luigi."

Beide stießen an und nahmen einen Schluck. Luigi verzog das Gesicht.

„Huuuuuu… Damit kannst du ja einen Diabetiker ins Grab bringen."

Birgit lachte und nahm gleich noch einen Schluck. Luigi schaute sie an und zwinkerte ihr zu. Sie schaute verlegen zu Boden.

„Was möchtest du machen? Sollen wir uns Garda anschauen? Oder möchtest du woanders hin?", fragte Luigi als er bezahlt hatte.

Birgit überlegte.

„Ich denke, wir fangen hier mal an. Wir sind ja hier, also warum nicht ein bisschen Sightseeing in Garda. Die anderen Orte kannst du mir ja ein andermal zeigen."

Beide gingen die Via Rudini Carlotti hoch. Von da aus ging es in die kleinen Gassen. Beide schlenderten an unzähligen Geschäften vorbei. Viele davon waren mit dem typischen Touristenallerlei gefüllt. An der Gabelung Via Spagna – Corso Vittorio Emanuele wurden sie unsanft getrennt. Ein Mann rempelte beide an und stieß Birgit beiseite.

„Cosa significa? Non riescono a prendersi cura?",
schrie Luigi hinter dem Mann her.

Dann ging er zu Birgit.

„Alles in Ordnung bei dir?"

„Ja, alles gut. Er hat mich nur zur Seite geschubst. Ich
habe auch noch all meine Sachen.", sagte sie erleichtert, nachdem sie nachgeschaut hatte.

Der Mann hatte sich nicht einmal umgedreht, als
Luigi ihm hinterherrief. Er war einfach die Via
Spagna hinuntergelaufen. Einige der Passanten, die in
unmittelbarer Nähe standen, hatten nur abwertend mit
dem Kopf geschüttelt.

Der Mann, der vor wenigen Sekunden Birgit und
Luigi angerempelt hatte, war Mohamad Ibn Al Hamadi. Er hatte, wie bereits die Tage zuvor, die Villa
Rosa früh verlassen und nach Garda gelaufen. Am
heutigen Tage war er spät dran gewesen. Er hatte
verschlafen. Nun hatte er es eilig gehabt zum Hafen
zu kommen, um eines der Boote nach Bardolino zu erreichen.

„Lass uns nach dort hinten gehen. Dort sind ein
kleiner Park und eine nette Trattoria. Die haben her-
vorragende Schlemmerplatten und die Aperitivi sind
spitze."

Birgit war einverstanden und so gingen beide die Promenade entlang, vorbei am Schiffsanleger und dann
zum Parkplatz wo das La Tradisiòn und der Eingang
zu dem kleinen Park „Parco degli Albertini" lag.

Capitolo trentanove: Bardolino

Der Ort hatte sich herausgeputzt und fieberte dem bekannten Weinfest entgegen. Am heutigen Tag war Eröffnung.

Das zumindest hofften die Veranstalter und auch der Bürgermeister. Noch war allerdings keine Genehmigung seitens der Behörden da. Noch immer gab es keine abschließende Information von der Polizei, sowie dem Labor, dass der Tatort und somit das Gelände des Weinfestes freigegeben werden konnte.

Alle Vereine standen in den Startlöchern und waren bereit. Bardolino war voll. Es waren schon jetzt Tausende von Touristen hier, die extra für das Weinfest angereist waren.

Botatzi und di Gallo waren an diesem Morgen, mal wieder seit Tagen in der Questura und saßen an ihrem Schreibtisch.

Es war doch jede Menge Papierkram liegengeblieben. Botatzi studierte die Unterlagen der Toten aus Garda und Bardolino, während di Gallo die Akte von Hans Vogtländer vor sich liegen hatte.

„Es gibt schon einige Parallelen. Jedenfalls zwischen den Toten in Garda und Bardolino.", sagte Stefano Botatzi.

„Ich denke auch bei diesem Vogtländer würden wir Parallelen finden. Jedenfalls deutet vieles darauf hin.

Gleiches Tötungsmuster! Identische Vorgehensweise! Und alle keine Einheimischen! Das kann kein Trittbrettfahrer sein. Wir haben keine Informationen nach draußen dringen lassen."

Botatzi nickte nur und war weiterhin vertieft in die Unterlagen aus dem Labor. Auf einem Block notierte er sich einige Informationen. Einige davon markierte und unterstrich er zusätzlich nochmals mit einem Marker.

Di Gallo hatte ebenfalls einen Block neben sich liegen. Dieser war allerdings noch unbenutzt. Er war immer noch dabei zu lesen. Immer wieder schüttelte er mit dem Kopf.

Das Telefon klingelte. Botatzi zuckte zusammen und schaute auf das Telefon, als wenn er sagen wollte „Jetzt nicht!".

„Di Gallo, bitte gehen Sie ran. Sagen Sie, wir haben momentan keine Zeit und rufen zurück."

Der Sergente unterbrach jetzt ebenfalls und hob ab.

„Commissario? Ich denke, Sie sollten übernehmen.", sagte er und hielt Botatzi den Hörer rüber.

Der blickte auf und verdrehte die Augen. Er nahm den Hörer entgegen.

„Botatzi! Dottore… Aber sicher doch…"

Der Commissario hörte jetzt gespannt zu. Dabei nickte er mehrmals, ohne etwas zu sagen. Di Gallo blickte auf.

„Si Dottore. Und Sie sind sicher, dass wir das Gelände weitestgehend freigeben können?"

Wieder Stille und nur das Nicken des Commissario.

„Si capire. Ich werde es mit meinem Vorgesetzten klären und dann die zuständige Stelle in Bardolino informieren. Grazie mille."

Botatzi legte auf und schaute ein weinig erleichtert. Er nahm den Hörer wieder in die Hand und wählte eine Nummer.

„Dottoressa? Hier ist Botatzi... Ich hatte gerade ein Telefonat mit dem kriminaltechnischen Labor... Ja, sie sind fertig und meinten, der Eröffnung stehe nichts im Wege... Ja genau... Nur den Stand der Bergwacht lassen wir abgesperrt... Si... Wollen Sie den Bürgermeister von Bardolino informieren, oder soll ich...? Si, Sie haben Recht... Grazie Dottoressa... Ciao."

Botatzi legte auf und blickte zu di Gallo.

„Lassen Sie mich raten, Commissario. Solche Nachrichten will die Luca natürlich selbst an den Bürgermeister weiterleiten?", sagte di Gallo und verdrehte dabei die Augen.

Der Commissario nickte nur.

Capitolo quaranta: Residence Villa Rosa Garda

Paolo saß in seinem Büro und war bereits dabei das neue Jahr zu planen. Gut zehn Tage nach dem Weinfest würde Schluss sein. Dann wäre die Saison beendet und sie würden nach einem kurzen gemeinsamen Urlaub, wieder mit den Vorbereitungen für die neue Saison beginnen. Aber noch lagen ja ein paar Tage vor ihnen. Die Villa Rosa war bis zum Ende gut gebucht.

Ein Camper fuhr auf das Gelände. Mit ihm noch vier weitere Fahrzeuge. Alle fuhren auf den hinteren Parkplatz bei den Sportplätzen.

Die Gruppe aus sechszehn Personen und 3 Hunden kam Minuten später langsam den Parkplatz hinunter. Sie gingen auf Osvaldo zu. Angeführt wurde die Gruppe von Norman, Ingolf und Elke.

Paolo schaute aus dem Büro und sah die Gruppe näher kommen. Er schaute wieder auf seinen Computer und tippte fleißig weiter.

Irgendwie aber hatte Paolo so ein innerliches Kribbeln. Wie aus dem Nichts stieg sein Adrenalin an. Er schaute wieder auf. Jetzt erst erkannte er, was da auf seinem Parkplatz langsam näher kam. Paolo sprang auf und rannte hinaus.

„Amici! Ciao! Was macht Ihr denn hier? Das ist ja… Ich könnte Tränen für Freude."

Paolo umarmte einen nach dem anderen. Er herzte jeden und begrüßte auch die umstehenden dreizehn Personen.

„Valeria! Valeria! Guarda chi è qui!" Valeria!"

"Si Paolo!!! Cosa c'è?"

Valeria kam hinter der Theke des Kyosk One hervor. Sie schaute, kniff die Augen zusammen und lachte, als sie erkannte, wer dort bei Osvaldo stand. Sie rannte hinüber.

„Wir waren gerade hier... also hier in der Nähe und da dachten wir... Naja wir dachten, wir schauen mal bei euch vorbei.", sagte Ingolf.

„Wir kommen doch nicht ungelegen?", wollte Elke wissen.

„No no, amici. Ihr seide immer herzlich Willkommen. Ihr seid nie ungelegen."

Paolo war aufgeregt. Mit allem hatte er gerechnet, aber nicht dass Ingolf, Elke und Norman bei ihm auftauchen würde.

„Kommt, lass uns gehe in Kyosk One. Oder musst ihr wieder weiter?", fragte Paolo.

„Neeeeein. Wir haben ein wenig Zeit. Ist das denn ok für euch...? Wenn wir hier mit sechszehn Personen da sind?" schob Norman hinterher.

„No amici. Keine Problem. Ist ruhig. Kommt, kommt, lass uns gehen rüber."

Valeria eilte voran, gefolgt von Paolo. Der Rest folgte mit etwas Abstand. Sie unterhielten sich und blickten sich neugierig um.

„Das ist die wunderschöne Residence Villa Rosa. Wenn ihr mal Urlaub außerhalb von Camping machen wollt, müsst ihr zu Paolo und seiner Familie. So herzlich und so lieb werdet ihr nirgends anders empfangen. Man fühlt sich direkt als Teil der großen Familie. Paolo und seine Familie machen wirklich alles, dass ihr euch wohlfühlt.", erzählte Ingolf, während sich alle auf mehrere Tische verteilten.

Ein weiteres Fahrzeug kam auf das Gelände der Villa Rosa gefahren. Ein roter Kleinwagen fuhr rasant um die Gebäude und kam auf einem der freien Parkplätze in der Nähe von Osvaldo zum Stehen.

Eine Frau stieg aus. Paolo hatte das Fahrmanöver mitbekommen und wollte schon nach vorne laufen, blieb dann aber doch im Kyosk One.

Die Frau kam mit schnellen Schritten näher. Auf der Höhe der ersten Palme erkannte Paolo sie. Es war Claudia.

„Mamma mia, amica.", rief er.

„Was machst du denn hier Claudia?", schob er hinterher.

„Ciao Paolo! Wenn Norman hier ist, musste ich kommen. Ich bin heute ganz früh von zu Hause losgefahren. Kein Stau, kaum Verkehr!", rief sie ihm entgegen.

„Buona sera alle Miteinander.", begrüßte Claudia jetzt auch die anderen.

Sie winkte lässig in die Runde. Valeria begrüßte sie mit einem Lächeln. Sie hatte alle Hände voll zu tun.

Auf dem Tablett türmten sich eine Reihe Aperol Spritz, Cola und Bier. Claudia nahm sich einen Stuhl und setzte sich zu einem der besetzten Tische.

„Du wusstest, dass Norman hier sein wird?", fragte Paolo, obwohl er die Antwort schon wusste.

„Si, Paolo. Wir hatten Kontakt.", sagte sie mit einem verschmitzten Lächeln.

Sie winkte Valeria und gab ihr mit einem Zeichen zu verstehen, dass sie gerne einen Apertass hätte. Diese nickte nur und holte schon die Tassoni Flasche vom Regal.

„Paolo! Wir sind natürlich nicht ganz so spontan hier, wie wir es dir vorhin gesagt hatten.", fing Ingolf an.

Paolo schaute ihn erstaunt an.

„No, amici? Jetzte bin ich… wie sagt man sprachfrei?"

„Sprachlos!", sagte Norman.

„Was stimmt ist, dass wir ein paar Tage mit unserem Camper hier sind. Wir sind in Lazise auf dem Camping Fossalta. Also Elke, Norman und ich. Die anderen hier, die wir mitgebracht haben, ist ein kleiner Teil vom Norman Keil Fanclub. Wir haben so geschwärmt von hier, von dir, von der Villa Rosa, von deiner Familie. Und einige haben spontan gesagt, das schauen wir uns mal an.", erzählte Ingolf weiter.

Paolo war noch immer sprachlos. Immer wieder schüttelt er ungläubig den Kopf.

„Ich könnte Tränen für Freude. Ehrlich, amici! Ich habe ganz feuchte Auge!"

„Und Claudia hatte spontan gesagt, dass sie auch kommen würde, wenn wir zu dir kommen. Jetzt sind wir hier. Und du weißt ja auch, wenn der Fanclub dabei ist, wollen die nicht nur deine Villa Rosa sehen, sondern auch gemeinsam Musik machen!", sagte Norman jetzt.

„No, amici. No. Du willst singen?", fragte Paolo ungläubig.

„Hier? Jetzt? Live? Oh amici. Ich könnte Tränen für Freude!"

Norman lachte und stand auf. In einer Ecke standen eine Kiste und eine Tasche. Er ging hin und nahm die Kiste. In ihr versteckte sich ein kleiner mobiler Verstärker. In der Tasche war die dazugehörige Gitarre.

„Ihr habt doch Lausprecher hier? Kann ich versuchen meinen Verstärker damit zu verbinden? Dann sollte es ganz gut zu hören sein!", fragte Norman.

Paolo war ganz aufgeregt. Er lief hin und her und wusste momentan gar nicht, wohin er musste. Ausgerechnet jetzt war Yvonne auch nicht da. Sie hätte direkt gewusst, wie man den Verstärker anschließen musste.

Nach unendlichen Minuten, ein paar italienischen Flüchen später, hatten Ingolf, Norman und Paolo es geschafft. Der Verstärker war mit den Lautsprechern der kompletten Anlage verbunden. Sie hatten einfach Yvonne auf dem Handy angerufen und die hatte das starke Geschlecht problemlos zum Erfolg geführt.

„So, Leute, gebt mir noch einen Augenblick. Dann kann es gleich losgehen."

Die Anwesenden applaudierten. Paolo stand gerührt und aufgeregt am Pool und konnte es noch gar nicht fassen. Norman Keil war in der Villa Rosa und würde in wenigen Minuten ein Konzert geben. Hier am Kyosk One.

Alle halfen mit und machten innerhalb weniger Minuten aus der Terrasse eine kleine Bühne. Die Tische verschwanden und die Stühle wurden am Pool aufgereiht.

Dann konnte es losgehen. Die ersten Töne drangen zaghaft aus den Lautsprechern.

Capitolo quarantuno: Questura

Susanna Luca saß an ihrem Schreibtisch und stöberte gerade in der Vogue. Viele der Kollegen hatten bereits Feierabend.

Es war weitestgehend ruhig gewesen an diesem Tag. Die Vogue war bereits die dritte Zeitschrift, die die Dottoressa an diesem Tag in der Hand hatte. Sie hatte ein knappes Kostüm an. Ihre ledrige Haut quoll heraus. Besonders das Dekolleté hatte alle Hände voll zu tun. Es war gerade die einzige Stelle an ihrem Körper, die straff und faltenfrei war.

Eine Mail ploppte auf. Gleichzeitig klingelte ihr Telefon. Es war eine Nummer aus Rom. Die Dottoressa verdrehte die Augen.

„Questura. Vice-Questore Dottoressa Susanna Luca."

Sie zog die Augenbrauen hoch.

„Buona sera, Signore Staatssekretär. Die ist gerade gekommen. Si ."

Susanna Luca hörte aufmerksam zu. Mehrmals zog sie dabei die Augenbrauen nach oben und tippte mit ihren Nägeln auf dem Tisch.

„Si, Signore Staatssekretär. Natürlich werde ich sofort alles in die Wege leiten. Ich habe sie geöffnet."

Die Vice-Questore öffnete hastig die Mail und überflog den Text.

„Wann werden die Herren denn hier sein? …"

Sie nickte nur und machte sich auf der Schreibtischunterlage ein paar Notizen. Dabei schaute sie abwechselnd auf den Bildschirm und dem Gekritzel auf ihrer Unterlage.

„Ja, aber Signore Staatssekretär, ich… Jawohl! Natürlich, Signore Staatssekretär! Sie haben vollkommen recht. Ich werde alles Nötige veranlassen. Jawohl. Arrivederci, Signore Staatssekretär."

Sie legte auf.

„Stronzo!"

Dann griff sie wieder zum Hörer. Nach dem zweiten Klingeln hob Botatzi ab.

„Hören Sie, Commissario.", fing sie an, ohne zu grüßen.

„Es hat gerade so ein Staatssekretär aus dem Ministerium in Rom angerufen. Ein ganz wichtiger Kollege. Die ganze Sache hier ist Dank unseres übereifrigen Kollegen aus der Kriminaltechnik nach ganz oben getragen worden. Die haben alle Computer europaweit abgefragt und heraus kam ein gewisser Mohamad Ibn Al Hamadi. Ist wohl der Neue bei dieser Organisation. Ist allerdings kein unbeschriebenes Blatt. So eine Art Wanderheuschrecke. Muss wohl schon bei vielen kriminellen Vereinigungen mitgemischt haben. Hat meist aber nur verbrannte Erde und Tote hinterlassen."

Botatzi hatte bis auf die Begrüßung bisher nichts sagen können. Sie hatte ihn nicht zu Wort kommen lassen. Das ging auch weiter so.

„Die DNA dieses Signore Hamadi jedenfalls taucht bei all unseren Toten auf. Bei diesem Hans Vogtländer genauso wie auch bei den Toten in Garda und Bardolino. Jetzt fragen Sie bitte nicht, wie der in das Gefängnis in Verona reinkam. Ich möchte es ehrlich gesagt auch gar nicht wissen."

Botatzi fragte gar nichts. Noch immer hörte er stillschweigend zu.

„Und jetzt halten Sie sich fest, Commissario. Die aus Rom haben so eine Truppe hier zu uns geschickt, die diesen Hamadi dingfest machen sollen. Was sagen Sie dazu? Das ist ja wohl die Höhe…"

„Commissario? Sind Sie noch dran? Sie sagen ja gar nichts. Muss ich denn immer die Initiative ergreifen und alles sagen?", schob sie direkt hinterher ohne Luft zu holen.

Botatzi verdrehte die Augen.

„Signora Dottoressa, ich…"

„Sagen Sie nichts, Commissario. Ich bin auch sprachlos."

Botatzi hatte mittlerweile den Lautsprecher an, damit auch di Gallo das Gespräch mitverfolgen konnte.

Dieser konnte sich kaum halten und hätte am liebsten laut losgelacht.

Ich bekomme gleich ein Bild von diesem Hamadi, sowie ein paar Daten seines Telefons. Wenn er dieses überhaupt noch nutzt. Ich lasse es Ihnen dann zukommen. Wo sind Sie momentan?"

„Ich bin in…"

„Na egal.", unterbrach Susanna Luca ihn wieder.

„Egal, wo sie sind und was sie gerade machen. Sie fahren bitte in Richtung Garda und Bardolino. Vielleicht hält er sich ja dort auf. Dieser Staatssekretär wollte mir auch mitteilen, wo diese Sondereinheit sich aufhält. Vielleicht können Sie ja dazustoßen. Sieht immer gut aus und ist auch gut für uns."

Klick! Tut tut tut! Aufgelegt!

Botatzi schaute etwas irritiert zu di Gallo. Dieser lachte jetzt laut los.

„Hat die doch tatsächlich aufgelegt. Was war das denn jetzt? Diese… diese Frau wird auch immer sonderbarer.", sagte Botatzi.

„Und die in Rom bekommen das nicht mit.", sagte di Gallo und grinste.

„Also, Sie haben gehört, Sergente. Los geht's."

„Ich habe nichts vor, Commissario."

Botatzi schaute kopfschüttelnd zu seinem Sergente. Er hätte eigentlich gerne mal wieder einen Abend auf dem Sofa verbracht oder wäre gern auf ein Bier in die Bar gegangen. Stattdessen ständig dieses Hin und Her.

Capitolo quarantadue: Garda

Modi hatte den Plan, mit dem Boot nach Bardolino zu fahren, schnell wieder verworfen, als er diese drei Gestalten ebenfalls am Hafen sah, die tags zuvor bereits in Bardolino waren. Er tippte gleich auf Mafia oder aber welche von der Zivilpolizei.

Er würde wahrscheinlich eh nichts mehr dort finden. Und dann war da ja auch noch das Weinfest. Das würde es nochmal schwieriger machen dort herumzuschnüffeln. Vermutlich hatten sie den Stand abgesperrt und zusätzlich mit einem Bauzaun versehen.

Und da es ein Fest war, würden mit hoher Wahrscheinlichkeit jede Menge Polizisten, sowie Beamte der Polizia Locale dort ihre Runden drehen.

Er mischte sich unter eine Gruppe Engländer, die gerade von einem Schiff kamen. Mit ihnen verschwand er kurz darauf in den engen Gassen von Garda. Aus dem Augenwinkel konnte er noch die drei Gestalten sehen, die versuchten, ihm zu folgen. Sie hatten ihn aber nach wenigen Minuten verloren, da in den engen Gassen kein Vorbeikommen war. So konnte Modi unbemerkt entkommen.

Die drei Männer waren natürlich von der Mafia. Don Mario hatte sie bereits kurz nach dem Treffen auf ihn angesetzt. Leider merkten sie schnell, dass Modi nicht dumm war. Sie hatten Mühe, ihm zu folgen. Trotzdem hatten sie, mehr durch Zufall, seinen Aufenthaltsort herausbekommen. Die Villa Rosa war allerdings um einiges besser in technischer Hinsicht ausgestattet als so manch noble Herberge. Sie mussten also genau überlegen, wie sie dort an ihn herankommen würden, sollten sie ihn nicht schon vorher stellen.

Don Mario war zuerst sehr angetan von diesem Modi. Natürlich hatte er ihn vorher schon beobachten lassen und war auch sonst über alles informiert gewesen. Leider hatte er sehr schnell herausgefunden, dass Modi ein falsches Spiel zu spielen schien. Er hatte drei seiner besten Männer kaltblütig ermordet.

Tomaso und Tadeus waren Brüder und waren von klein auf Mitglieder der Familie gewesen.

Timostschuk war ein ukrainischer Killer, den er abgeworben hatte. Er war präzise und eiskalt. Leider hatte dieser Modi sie in Bardolino in eine Falle gelockt. Der vierte, Luciano, war nur der Fahrer. Von allen vieren war er, sicherlich derjenige, der es am wenigsten verdient hatte.

Don Mario hatten diesen Modi zum Abschuss freigegeben. Der Tod seiner Männer sollte nicht ungesühnt bleiben. Wie sie ihn erledigten, war ihnen überlassen. Es sollte allerdings nicht minder grausam sein.

Jetzt hatten sie ihn allerdings erst einmal verloren. Sie holten ihr Auto vom Parkplatz und fuhren die Via San Carlo entlang.

Luigi und Birgit hatten nach dem Besuch im Parco delle Albertini einen Halt im La Tradisiòn eingelegt. Nach einer Runde Spritz und einer Wurst-Käse-Platte saßen beide etwas träge in den Stühlen.

„Ich gehe mal bezahlen. Dann können wir noch ein paar Meter gehen. Ich habe so das Gefühl, dass ich sonst gleich einschlafe.", sagte Luigi und stand auf.

„Das stimmt. Aber warte, ich…", antwortete Birgit, aber da war Luigi schon an der Kasse.

Kurz darauf verließen beide das Lokal. Die Sonne schien vom Himmel. Der Parkplatz war gut besucht.

„Komm lass uns da vorne über die Straße gehen. Dann können wir nochmal die Promenade entlang. Ich bringe dich dann später zum Bus."

Beide gingen zum Zebrastreifen und überquerten diesen. Als sie schon fast auf der andren Seite waren schoss ein Auto vom Parkplatz heran. Luigi stieß Birgit beiseite und wurde durch eine Berührung mit dem Spiegel auf den Gehweg geschleudert.

„Hey! Mamma mia! Das gibt es doch nicht. Hast du das gesehen?"

Luigi stand schon wieder und war lauthals am Schimpfen.

„Ist bei dir alles in Ordnung?", fragte er Birgit.

Diese nickte und schaute erschrocken zu Luigi.

„Und bei dir?", fragte sie ihn.

„Alles gut. Das gibt ein paar blaue Flecken und einen Muskelkater. Also nichts, was mir unbekannt wäre.", sagte er und grinste.

Die Aktion hatte auch einige Schaulustige angezogen. Viele schüttelten nur den Kopf. Andere wiederrum diskutierten und analysierten die Fahrerflucht fachmännisch.

Der Wagen war weg. Er war einfach weitergefahren. Luigi hatte sich glücklicherweise aber das Kennzeichen merken können. Aus dem Augenwinkel hatte er es gerade noch entdeckt.

„BX 287 WI.", sagte Luigi und holte gleich sein Handy aus der Hosentasche.

Er notierte das Kennzeichen. Da nichts Weiteres passiert war, hatte sich die Menschenmenge auch recht schnell wieder aufgelöst.

„Komm, lass uns von hier verschwinden.", sagte Luigi zu Birgit.

Beide gingen jetzt ebenfalls die Promenade entlang und verschwanden wenig später in einer der engen Gassen.

Modi war mittlerweile in der Residence Villa Rosa angekommen. Vom Pool her war Musik zu hören. Er ging ohne Zögern in sein Apartment. Modi nahm die Tasche und fing an, seine Sachen einzupacken. Es wurde Zeit von hier zu verschwinden.

Knapp zehn Minuten später hatte er alles verstaut und war dabei, sein Apartment wieder zu verlassen. Als er nach draußen trat, sah er das Fahrzeug, was gerade auf den hinteren Parkplatz an den Sportanlagen fuhr. Er beobachtete es. Die Männer von der Promenade stiegen aus. Modi schloss seine Tür wieder.

„Mist. Wo kommen die denn her? Ich hatte doch aufgepasst! Da war mir doch niemand gefolgt.", sagte er zu sich selbst.

Die Männer kamen den Parkplatz entlang. Vor Osvaldo blieben sie stehen und blickten sich um. Modi beobachtete sie aus seinem Badezimmer aus.

Luigi und Birgit waren mittlerweile am Busbahnhof angekommen. Dort warteten sie auf den Bus aus Verona, der bis Riva fahren würde.

„Sehen wir uns wieder?", fragte Luigi und blickte sie an.

„Möglich! Ja, ich würde mich freuen, wenn wir uns wiedersehen würden.", entgegnete Birgit.

„Dann sehen wir uns, wenn wir uns sehen?", fragte Luigi und lächelte.

„Ja, dann sehen wir uns, wenn wir uns sehen.", erwiderte Birgit.

Der Bus kam und Birgit stieg ein.

„Ich rufe dich an!", hörte sie Luigi noch rufen.

Birgit setzte sich und winkte ihm zu. Dann fuhr der Bus los. Luigi winkte und blieb allein zurück.

Dann machte auch er sich auf zu seinem Auto. Schließlich wollte er noch die Fähre in Torri del Benaco erreichen.

Capitolo quarantatré: Residence Villa Rosa Garda

Botatzi und di Gallo waren in Garda angekommen. Kurz zuvor hatten beide Luigi Schifferle gesehen, der ihnen auf der Straße nach Torri entgegenkam.

Das Telefon von Botatzi klingelte. Eine ihm unbekannte Nummer erschien auf dem Display. Er hob ab.

„Commissario Botatzi! Si, der bin ich. Mit wem spreche ich?"

Der Commissario stellte auf laut, so dass di Gallo mithören konnte.

„Wer hier spricht, tut nichts zur Sache. Fahren Sie zur Residence Villa Rosa in der Via della Pace 7. Dort werden Sie finden, was sie suchen! Sie suchen den Mörder, der in den letzten Tagen in Garda und Bardolino ein paar Leichen hinterlassen hatte?"

Stille. Botatzi und di Gallo blickten sich an.

„Si, aber woher…?"

„Wie ich Ihnen bereits sagte, dass tut nichts zur Sache. Sie sollten sich aber beeilen. Allzu lange wird er nicht mehr dort sein."

Der Unbekannte am Telefon hatte aufgelegt.

„Was machen wir jetzt, Commissario?"

„Na was wohl, Sergente. Fahren Sie los zur Via della Pace. Wir schauen was da ist."

Als der Wagen dort ankam, wussten beide direkt, wo sie waren. An dem Ort wurde vor wenigen Monaten dieser Waldemar Meier ermordet.

Sie fuhren auf den hinteren Parkplatz und verließen den Wagen.

„ …die letzte Nacht war kolossal, vergessen die Welt da draußen, alle schwitzen und lieben, tanzen und

schrein, sollen das die letzten Tanzenden gewesen sein.... ", ertönte aus Richtung des Pools.

Botatzi und di Gallo kamen näher und schauten in die Richtung aus der die Musik ertönte. Die Männer, die vor wenigen Minuten noch bei Osvaldo standen, waren verschwunden. Der Wagen verließ gerade langsam das Gelände und rollte an ihnen vorbei. Di Gallo notierte sich das Kennzeichen.

„ ...an der Gardrobe hängt seit diesem Tag ein Bosse-Schal, da war noch alles wie immer..." ertönte es weiterhin vom Pool.

Ein dunkler Sprinter fuhr mit erhöhter Geschwindigkeit auf das Gelände. Mit quietschenden Reifen bog er um die Ecke und hielt vor Botatzi und di Gallo. Die Türen gingen auf und mehrere Männer, bewaffnet und vermummt, sprangen aus dem Fahrzeug. Auf ihren Overalls prangerte die Aufschrift „Kommando".

Ein Teil stürmte zum Kyosk One, während der Rest bei Botatzi und di Gallo blieben und die Waffen auf sie gerichtet hielten. Der Commissario, der sich so etwas schon dachte, hatte vorsorglich bereits seinen Ausweis in der Hand und hielt diesen langsam nach oben. Auf ein Zeichen des ersten Mannes ließen sie die Waffen sinken.

Am Kyosk One war es nun still. Kein *kolossal*, kein *Bosse-Schal* war mehr zu hören. Paolo unterhielt sich mit einer der Personen, die auf das Kyosk One zugestürmt waren. Sekunden später rannten diese wieder zurück und direkt zur Wohnung von Mohamad

Ibn Al Hamadi. Die Tür war nur angelehnt. Die Beamten des Kommandos stürmten hinein, fanden allerdings niemanden mehr vor. Modi war über die Terrasse geflüchtet.

Nach wenigen Minuten verließen alle die Wohnung. Eine Suche auf dem Gelände verlief ebenfalls erfolglos. Den Wagen von Modi versahen sie mit einer Parkkralle. Die Schlösser wurden verklebt. Botatzi und di Gallo hatten sich an der Suche beteiligt. Mittlerweile wussten sie auch, wer da die Anlage gestürmt hatte. Es war eine Spezialeinheit aus Rom. Paolo kam nach vorne.

„Signore Commissario. Könnten Sie uns bitte einmal aufklären? Was ist denn diesmal wieder? Ich dachte, nach diesem Todesfall wäre hier alles geklärt gewesen?"

Botatzi ging auf ihn zu.

„Signore Bertamè, wir haben eine anonyme Information erhalten, dass sich bei Ihnen ein mutmaßlicher Terrorist versteckt halten sollte. Dieser Signore Al Hamadi. Aber wie sich ja leider rausgestellt hat, ist er geflüchtet."

Paolo schaute den Commissario mit großen Augen an.

„Es gibt also für uns erstmal keine weitere Veranlassung, hier zu sein. Ich bitte Sie aber, sollte er hier wieder auftauchen, uns unverzüglich zu informieren. Unsere Nummer sollten Sie ja noch haben.", sagte Botatzi.

Paolo nickte immer noch erschrocken. Botatzi, di Gallo und die Spezialeinheit gingen zu ihren Fahrzeugen und verließen gemeinsam das Gelände. Paolo kehrte kurz darauf wieder zum Kyosk One zurück.

„Alles in Ordnung, amici. Bitte entschuldigt das Chaos. Es war nur Versehen. Sie suchte jemande, der nicht iste hier."

Margot Mallmann und Herr Schmitz standen etwas abseits und wussten genau, wessen Wohnung das war. Sie kniff die Augen zusammen und überlegte. Herr Schmitz ließ sich auf die Fliesen fallen. Er streckte alle viere von sich und blickte gelangweilt auf den Pool.

Capitolo quarantaquattro: Busbahnhof Garda

Modi hatte unbemerkt das Gelände über das Nachbargrundstück verlassen. Er machte sich auf den Weg zum Busbahnhof von Garda.

Auch jetzt war er der festen Überzeugung, dass er unbemerkt entkommen konnte. Jedoch war das Fahrzeug mit den Gestalten aus der Villa Rosa gar nicht so weit von ihm entfernt. Er hatte sie noch nicht bemerkt, sie hatten ihn aber bereits entdeckt. Mit großem Abstand folgten sie Modi.

Dieser erreichte nach knapp einer Stunde und einigen unliebsamen Begegnungen mit mehreren Hunden endlich den Busbahnhof. Dort stand bereits ein Bus mit der Aufschrift Verona. Modi löste ein Ticket am Schalter und ging, ohne zu warten, direkt zu ihm. Er stieg ein und setzte sich auf einen der hinteren Plätze.

Um die Ecke bog der Wagen, den er bereits in der Residence Villa Rosa gesehen hatte. Diese Typen saßen alle drin und fuhren langsam am Bahnhof vorbei. Das Auto verschwand in einer Seitenstraße. Auf der anderen Seite sah Modi den dunklen Sprinter, sowie den Alfa Romeo, der ebenfalls in der Residence war, als er flüchtete.

„Das sind bestimmt Bullen. Das rieche ich auf Kilometer. Aber was wollen die? Die können mir doch noch gar nicht auf der Spur sein. Ich hatte doch alles an den Tatorten entfernt, was eine DNA von mir haben könnte.", sagte er zu sich selbst.

Modi beobachtete weiterhin die beiden Fahrzeuge, schaute aber auch immer wieder in die andere Richtung. Diese Gestalten konnten nicht weit sein.

"Wo ist der andere Wagen? Sie müssen irgendwo sein. Diese Typen müssen von der Mafia sein. Südländer, dunkle Anzüge und Sonnenbrille. Ein typisches Klischee, aber hier passt es.", sagte er wieder zu sich selbst und blickte dabei abwechselnd in die eine und die andere Richtung.

Der Motor des Busses wurde gestartet. Fünf weitere Personen, alles Touristen, stiegen ein. Die Türe schloss sich und das Fahrzeug setzte sich in Bewegung. Modi atmete erleichtert auf. Das war erst einmal geschafft.

Capitolo quarantacinque: Tignale und Malcesine

Luigi hatte Tignale ohne große Verzögerung erreicht. Er kam nach Torri und konnte dort direkt auf die Fähre. Sein Auto war das einzige gewesen. Mittig, ganz vorne stand es und genoss die Sonne. Gischt spritzte immer mal wieder auf das Deck und das Auto. Luigi stand im oberen Deck und blickte Richtung Norden. Das Schiff hatte leichten Seegang. Kühler Wind wehte ihm um die Nase. Seine Haare waren verstrubbelt. Er dachte an Birgit und das Treffen am heutigen Tage in Garda.

Apropos Birgit. Auch sie war mittlerweile wieder gut in Malcesine angekommen. Der Bus war allerdings ab Torri überfüllt gewesen. Eine Gruppe Wanderer und ein weiblicher Kegelclub aus der Steiermark hatte sehr schnell dafür gesorgt, dass es voll und laut wurde. Birgit wusste gar nicht, dass sie Abba einmal hassen würde. Und sie wusste auch nicht, dass es diese Lieder auch mit deutschem Text gab. Als sie in Malcesine ausstieg, schwor sie sich jedenfalls, nie wieder Abba zu hören. Damit hatte sie nach dieser Fahrt definitiv abgeschlossen.

In Tignale stand Luigi mittlerweile mit einer Tasse vor der Türe seiner Wohnung und blickte zum Monte Baldo Massiv. Die Kalkspitze erstrahlte in den schönsten Rottönen. Er schaute versonnen mit einem Lächeln dorthin. Dann wanderte sein Blick etwas weiter nach links. Er konnte es von seiner Wohnung nicht sehen, aber irgendwo dort unten musste Malcesine sein. Irgendwo dort war Birgit. Luigi nahm sein Telefon und fing an, eine Nachricht zu tippen. Mehrmals löschte er es wieder und fing von vorne an. Dann hatte er es.

„Hi Bigi. Ich stehe gerade hier oben und blicke so auf dich runter. Also ich meine in Tignale. Na, du weißt schon. Danke für diesen schönen Tag heute mit dir. Ich möchte dich gerne wiedersehen und wollte dich fragen, ob du mich vielleicht in Tignale besuchen möchtest. Ich würde mich sehr freuen, wenn du dich melden würdest. Ciao Luigi."

Luigi drückte auf Senden. Weg war sie. Er nahm einen Schluck aus seiner Tasse und verzog das Gesicht. Sein Instant-Kaffee war mittlerweile eiskalt. Die Antwort ließ nicht lange auf sich warten.

„Ciao Luigi! Ich danke dir auch recht herzlich für den schönen Tag heute. Würde dich auch gerne wiedersehen. Bin dann morgen gegen 11:00 Uhr in Limone. Kommst du mich abholen? LG Bigi."

Schifferle war erstaunt. Mit einer solch schnellen Reaktion hatte er jetzt nicht gerechnet. Und dann auch so kurzfristig.

„Schifferle, du bist ein heißer Typ!", sagte er zu sich selbst und grinste.

Er ging hinein und kam Sekunden später mit einem Glas Rotwein zurück. Luigi prostete sich selbst zu und nahm einen kräftigen Schluck. Dann antwortete er Birgit.

„Bin morgen früh in Limone. Ich komme dich dann am Hafen holen. Freue mich. Bis morgen. LG Luigi."

Schifferle nahm einen weiteren Schluck aus seinem Glas. Er schaute einige Sekunden auf die Silhouette des Monte Baldo. Dann nahm er sein Telefon und wählte eine Nummer. Nach dem dritten Freizeichen wurde abgenommen.

„Ciao Luigi. Du, bitte entschuldige, aber ich kann momentan nicht reden. Wir haben hier einen Einsatz. Ich melde mich bei dir.", sagte Botatzi und legte auf, ohne dass Schifferle die Möglichkeit hatte, etwas zu sagen.

Luigi zuckte kurz mit den Schultern, verschwand im Inneren und kam mit der Flasche Rotwein wieder raus. Er setzte sich vor seine Tür und schenkte sich nach. Dann nahm er einen weiteren kräftigen Schluck und schaute wieder verträumt auf den Monte Baldo, der jetzt in einem kräftigen rot erstrahlte. Am Lago ging so langsam die Sonne unter.

Capitolo quarantasei: Residence Villa Rosa Garda

Die Gemüter in der Villa Rosa hatten sich wieder beruhigt. Die Stimmung war, nach dem das Sonderkommando versuchte ein Apartment zu stürmen, für einen kleinen Moment am Boden.

Doch seit wenigen Sekunden war es Claudia, die anfing „Wir lieben das Leben" zu summen. Norman hörte es und begleitete sie einen Moment leise mit der Gitarre. Dann übernahm er und stimmte den Refrain an.

„...denn egal wohin, egal wie weit, lass doch jedem sein Leben, denn egal welche Farbe deine Haut trägt, weil in jedem von uns ein Herz schlägt, denn egal wohin, egal wie weit und egal zu wem wir beten... Wir lieben das Leben..."

Plötzlich war wieder Stimmung. Auf den Balkonen, vor den Apartments und am Pool kamen immer mehr zusammen. Alle klatschten, sangen und tanzten. Es war ein beeindruckendes Bild. So etwas gab es schon einmal an dieser Stelle. Jedoch ohne die Anwesenheit von Norman Keil. Jetzt war er da. Er sah und spürte, was dieser Ort an Magie versprühte. Für einen kleinen Moment hatte auch er Gänsehaut.

Immer und immer wieder wiederholte er den Refrain von „Wir lieben das Leben". Alle Gäste waren mittlerweile am oder um den Pool und auch auf den Balkonen versammelt. Einige hatten ihr Telefon in der Hand und leuchteten mit den Lampen. Langsam ging auch hier die Sonne unter. Es folgte „Paris", „Rosa Elefanten" und „Zitronenfalter".

Frieda Butzkamp erlebte das ganz persönliche Konzert aus der ersten Reihe. Sie stand auf dem Balkon ihres Apartments und hatte den besten Blick auf das Kyosk One. Manfred Schwäbele hingegen hatte sich unter die Menge am Pool gemischt. Dort war auch Margot Mallmann. Sie saß etwas seitlich auf einem Stuhl und nippte an ihrem Aperol Spritz.

Margot hatte alles und jeden im Blick. Egal, ob Manfred Schwäbele am Pool, die Gruppe Frauen, die wie es schien, noch nicht lange hier waren, da sie ihr unbekannt vorkamen. Dann waren da noch die Gäste des Fanclubs von Norman Keil. Auch sie hatte Margot Mallmann im Blick. Ihr entging einfach nichts.

Auch nicht, dass dieser Manfred Schwäbele mit einer dieser Frauen gerade ein kleines Tête à Tête anzufangen schien. Jedenfalls hatte er nicht vor, irgendetwas zu verheimlichen. Margot blickte hinauf zu Frieda Butzkamp. Sie lauschte noch immer der Musik.

Immer wieder nippte sie an einem Glas Rotwein. Ab und an war es dann auch mal ein Schnapsglas. Sie schien den Abend zu genießen.

Aber sie bekam augenscheinlich nicht mit, dass ihr Schwiegersohn wohl gerade in einem fremden Revier am Wildern war.

Margot Mallmann schüttelte angewidert den Kopf. Als sie wieder den Blick zum Pool richtete, war Manfred Schwäbele verschwunden. Mit ihm eine der Frauen. Sie sah beide gerade noch in dem Gebäude verschwinden. Margot Mallmann musste würgen. Sie nahm einen Schluck von ihrem Spritz und wandte sich wieder dem Konzert zu.

„...komm wir fahrn noch mal auf Klassenfahrt... Weißt du noch damals als wir am autofreien Sonntag uns mit dem Fahrrad verfahrn haben...“

Bei diesem Lied wurde es andächtig. Überall blitzten jetzt Handylampen auf. Auch Paolo hielt seine hoch. Auch er hatte vor wenigen Sekunden Manfred Schwäbele dabei beobachtet, wie er mit einer Frau im großen Gebäude verschwand. Dabei kamen ihm direkt zwei Gedanken. Erstens, wer war diese Frau und zweitens, warum gingen beide in dieses Gebäude? Dort war keine Wohnung an solch eine Frau vermietet und auch dieser Schwäbele wohnte nicht dort.

Manfred Schwäbele hatte Lola gleich wiedererkannt. Mit ihr hatte er im Papillon einen schönen Abend verbracht und jede Menge an Prosecco und Spritz getrunken. Er konnte sich auch noch daran erinnern, dass sie beide als letzte die Bar verließen. Danach jedoch war nur noch eine schwarze nebelige Wand. Sein Gedächtnis hatte irgendwo auf dem Weg zur Villa Rosa den Betrieb eingestellt.

Er hatte bis vor wenigen Minuten gar nicht gewusst, dass sie auch in der Villa Rosa wohnte. Beide hatten der Musik gelauscht und am Pool getanzt. Dann aber hatte Lola die Hand von Manfred genommen und ihn über den Parkplatz zum Gebäude gezogen.

Nun standen beide vor der Tür zu Apartment Nummer 8. Lola schloss auf und zog Manfred hinein.

„Wow, das ist doch mal eine schöne Wohnung. Und so groß. Wohnst du allein hier?"

Lola verneinte und ging in die Küche. Sie kam mit einer Flasche Prosecco und zwei Gläsern zurück.

Manfred stand auf dem Balkon und war sprachlos. Diese Aussicht war der Hammer. Der See, Garda und die ganze Villa Rosa zu Füßen. Er schaute zu seinem Apartment hinüber. Seine Schwiegermutter saß noch immer auf dem Balkon und lauschte der Musik. Rhythmisch bewegte sie ihre Arme.

„Hier, Süßer. Ich habe uns was zu trinken geholt.", hauchte sie ihm in die Ohren.

Er drehte sich um und blickte ihr in die Augen. Dann küsste er sie.

Von alledem bekamen die Gäste am Pool nichts mit. Die restlichen Bewohner aus Apartment Nummer 8 waren ebenfalls am Pool und amüsierten sich. Keinem der anderen Gäste war allerdings aufgefallen, dass auch diese sehr weiblich aussahen. Die Truppe aus St. Pauli hatte wieder alle Register gezogen und sich besonders herausgeputzt. Niemandem war anzusehen, dass sie am Tage Männer und in der Nacht Frauen waren. Die Farb-Palette hatte ihre Arbeit meisterlich gemacht. Niemandem, wirklich niemandem, fiel auf, dass die Männer aus Nummer 8 nicht da waren, dafür aber diese Frauen.

Auch Paolo war wieder voll in seinem Element. Er stand in der ersten Reihe direkt vor Norman und sang fast jedes Lied mit. Wenn er auch nicht unbedingt bei jedem wusste, was es bedeutete. Neben ihm standen Ingolf und Elke, sowie Claudia. Letztere sang aus voller Kehle jedes der Lieder mit.

„Und jetzt liebe Freunde, zum Schluss, die Hymne des Lago. Das Lied von Paolo und der Villa Rosa."

Claudia und Paolo hüpften beide gleichzeitig vor Freude. Sie wussten, was jetzt kommen würde. Auch alle auf den Balkonen summten bereits die Melodie. Norman nahm einen Schluck aus seinem Glas und stimmte seine Gitarre.

Dann stimmte er an…

„Er wird das Sprachrohr der Herzen genannt. Auf seinem Fahrrad zeigt er uns den See. Ich kann den Sommer echt kaum noch erwarten, auf Paolo und Familie Bertamè…"

Auf den Balkonen fingen jetzt alle an zu tanzen. Alle gleichzeitig und im Takt. Vor der Bühne wurde lauthals mitgesungen. Alles in allem war es der perfekte Flashmob. Der erste dieser Art in der Geschichte der Residence Villa Rosa.

Paolo hielt nichts mehr, er war außer sich. Sein Lied! Und dann auch noch Norman live in der Villa Rosa! Das war einfach unfassbar.

„...Ah che bello. Ah che bello Lago di Garda. Denn wer einmal diese Schönheit gesehen hat, wird es für immer versteh'n. Ah che bello. Ah che bello Lago di Garda. Denn mit Cuore, Speranza und Amore, werden wir uns wiedersehen...", sangen jetzt alle Anwesenden im Chor.

Unter tosendem Applaus erklangen die letzten Sekunden. Dann war Schluss. Das kleine Privatkonzert von Norman Keil war zu Ende. Paolo verdrückte ein paar Tränen. Viele lagen sich in den Armen, man prostete sich zu und hier und da wurde A capella noch einmal das „Lago die Garda Lied" angestimmt.

Von alledem bekamen Manfred und Lola nicht viel mit. Sie waren gerade anderweitig beschäftigt. Allerdings würde der Abend für Manfred noch eine etwas andere Wendung nehmen.

Capitolo quarantasette: Strada

Modi, der nach seiner Flucht aus der Villa Rosa den
Bus im Zentrum erreicht hatte, war jetzt bereits seit
etlicher Zeit unterwegs. Ziel war eigentlich Verona
gewesen, aber wie er jetzt feststellen musste, fuhr sein
Bus keineswegs dorthin. Bisher war er an jeder
Abbiegung, die nach Verona führte, vorbeigefahren.
Stattdessen fuhren sie durch unzählige kleine Dörfer.
Immer weniger Fahrgäste waren im Bus. Es war
stockfinster draußen und Modi versuchte jetzt schon
seit einiger Zeit anhand der Schilder herauszubekommen, wo dieser Bus hinfuhr. Jedoch ohne Erfolg,
zumal sie immer wieder Mal an Schildern vorbei-
fuhren, auf denen Verona zu lesen war. Wenn auch
die Entfernung dorthin immer größer wurde.

Botatzi und di Gallo waren erst in die falsche
Richtung aufgebrochen, hatten dann aber schnell bemerkt, dass die verdächtige Person mit einem öffent-
lichen Verkehrsmittel unterwegs sein musste. Die
Navigarda hatte bereits kurz nach Eingriff in der Villa
Rosa eine Information bekommen, genauer zu kon-
trollieren. Am Ortsausgang nach Torri hatte sich ein
Fahrzeug der Polizia Locale positioniert und hatte die
vorbeifahrenden Fahrzeuge beobachtet. Jedoch war
dort nichts Auffälliges festgestellt worden.

214

Botatzi, der an der Promenade zusammen mit di Gallo kontrolliert hatte, sah plötzlich den Bus über die Strada in Richtung Bardolino fahren. Da kam ihm der Gedanke, dass der Verdächtige möglicherweise dort sein könnte. Schnell verließen sie die Promenade und fuhren ebenfalls Richtung Bardolino, um den Bus nicht aus den Augen zu verlieren.

Seit geraumer Zeit folgten sie ihm nun und wussten bisher nicht, ob sie auf der richtigen Fährte waren. Auch sie hatten bemerkt, dass immer mehr Fahrgäste den Bus verließen. Jedoch war ihnen nicht entgangen, dass eine Person starr und regungslos auf einem der Plätze verharrte und nicht ausstieg. Diese Person, ein Mann, bewegte sich äußerst selten und schaute nur ab und an aus dem Fenster. Mehr konnte der Commissario nicht erkennen. Zu groß war die Gefahr durch näheres Heranfahren die Aufmerksamkeit auf sich zu lenken.

Das gleiche dachte auch ein weiterer Wagen, der dem Bus und dem Wagen des Commissario ebenfalls folgte. Es war das Auto der Mafia. Sie hatten ebenfalls nach kurzer falscher Suche in Garda die Verfolgung des Busses aufgenommen und bemerkt, dass die Polizei vor ihnen fahren musste. Das machte es natürlich nicht einfacher. Ganz im Gegenteil! Sie mussten auf der einen Seite aufpassen, den Bus nicht zu verlieren und durften andererseits dem Polizeiwagen nicht zu nahe kommen. Die Dunkelheit machte das alles nicht einfacher.

Der Bus erreichte die italienische Gemeinde Goito, südlich des Gardasees. Hier schien Endstation zu sein. Modi war mittlerweile der einzige Fahrgast im Bus. Der Fahrer hielt an einer Kreuzung und drehte sich um.

„Finito. Stazione terminale Signore"

Der Fahrer öffnete die Tür, lächelte und winkte. Modi stand auf und verließ langsam den Bus. Etwa hundert Meter entfernt, war ein kleines Hotel. Modi ging schnellen Schrittes dorthin und verschwand im Inneren. Minuten später hielt er den Schlüssel für ein Zimmer in den Händen und verschwand.

„So ein Mist. Wo bin ich hier bloß gelandet? Nach Verona wollte ich und nun bin ich in irgendeinem Dorf in der Provinz. Hoffentlich ist mir niemand gefolgt. Morgen früh werde ich mir ein Taxi bestellen und nach Verona fahren. Und dann nichts wie weg von hier.", sagte er zu sich selbst, als er mit dem Aufzug in die obere Etage fuhr.

Botatzi, di Gallo, sowie der Wagen der Mafia kamen einen Augenblick zu spät. Sie wurden an einer Kreuzung aufgehalten. Somit hatten sie auch nicht mitbekommen, wohin Modi verschwunden war. Der Bus stand dunkel und verlassen am Straßenrand. Der Fahrer hatte ihn dort geparkt.

„So ein Mist. Zu spät! Wo ist er hin?", fluchte der Commissario.

Di Gallo schaute ihn an und zuckte mit den Schultern.

„Er wird nicht weit sein. Hier gibt es nicht viel. Und noch weniger Busse und Taxis um diese Zeit. Er wird in eines der wenigen Herbergen hier eingecheckt haben.", sagte di Gallo ruhig.

"Sie werden Recht haben, Sergente. Ich rufe die Luca an und sage ihr, dass wir hierbleiben. Sie hatten ja gesagt, dass Sie nichts vorhaben, heute."

Di Gallo nickte.

„Sollen wir versuchen ein Zimmer zu bekommen? Da vorne ist ein Hotel.", fragte di Gallo.

Der Commissario nickte. Er hatte bereits das Telefon am Ohr und telefonierte mit der Vice Questore. Minuten später war alles geklärt. Sie hatten die Freigabe in Goito zu bleiben. Susanna Luca sagte ihm auch, dass diese Sondereinheit so lange vor Ort bleiben würde, bis dieser Fall geklärt wäre. Jedoch hatte die Einheit die Spur verloren, was Susanna Luca nicht ganz ohne Häme mitteilte. Sie verlangte von Botatzi, dass er nicht ohne einen Erfolg zurückkehren solle.

Di Gallo parkte den Wagen auf dem mäßig belegten Parkplatz des Hotels und beide gingen hinein. Sie nahmen sich zwei Zimmer.

„Hat hier heute Abend, oder besser gesagt in der letzten Stunde, ein Mann eingecheckt? Etwa vierzig Jahre, dunkler Typ. Südländer?", fragte Botatzi beiläufig als sie eincheckten.

„Ich bin nicht befugt aufgrund von Datenschutz darüber Auskunft zu geben, Signore.", antwortete die Mitarbeiterin an der Rezeption.

Botatzi hielt ihr wortlos seinen Ausweis hin.

„Ja!", sagte sie daraufhin knapp.

„Welches Zimmer hat er?", fragte er nach.

„313"

„Grazie mille. E nessuna parola a lui."

„Si, Commissario.", sagte sie und nickte mehrmals.

Botatzi und di Gallo gingen auf ihre Zimmer.

Auch der Wagen der Mafia hielt nicht unweit des Hotels. Sie hatten den Commissario beobachtet, waren aber im Wagen verblieben.

„Was machen wir jetzt?", fragte einer.

„Wir warten! Alfredo, geh und lass die Luft aus dem Wagen der Bullen. Wenn dieser Schweinehund abhaut, gehört er uns.", sagte der Typ, der eine Augenklappe trug.

Alfredo gehorchte und verließ den Wagen. Kurz darauf kam er zurück und setzte sich wieder auf die Rückbank.

„Fatto!"

Modi lag auf dem Bett in seinem Zimmer. Der Fernseher lief leise im Hintergrund. Er recherchierte im Internet und versuchte seit Minuten das ortsansässige Taxiunternehmen zu erreichen. Er nahm den Hörer des Telefons auf seinem Nachtisch und wählte die Nummer der Rezeption.

„Reception."

„Hallo, hier Zimmer 313. Bitte bestellen Sie mir für morgen früh 06:00 Uhr ein Taxi."

„Si Signore."

Modi legte wieder auf. Im Fernsehen lief eine Dokumentation über Schnappschildkröten. Er schaltete um. Auf RAI Uno lief „Don Matteo". Er verstand zwar nichts, aber alles war besser als diese Dokumentation. Er nahm sein Telefon und wählte eine Nummer.

„Hallo Josip. Hier ist Modi. Ich komme zurück. Die Mafia ist mir auf die Schliche gekommen. Ich hatte versucht einzusteigen, aber sie müssen herausbekommen haben, dass ich einige ihrer Leute beseitigt habe. Der Boden hier ist zu gefährlich geworden. Ich nehme morgen eine Maschine aus Verona raus. Wir müssen es über andere Wege versuchen, in Italien Fuß zu fassen."

Modi legte auf. Er stand auf, kontrollierte die Tür, ob sie verschlossen war und löschte das Licht. Modi legte sich wieder hin und wenig später war er eingeschlafen.

Botatzi und di Gallo hatten jeweils ein Zimmer nebeneinander. Sie saßen beide gerade zusammen und hatten sich in der Hotelküche eine Kleinigkeit bestellt.

„Ich habe der Rezeption gesagt, dass sie uns informieren sollen, falls sich was in Zimmer 313 tut.", sagte Botatzi und biss in eine Bruschetta.

Das Telefon auf dem kleinen Tisch klingelte. Botatzi erhob sich und ging ran.

„Si. Si. Grazie mille."

„Es war die Rezeption. Unser Mann von 313 hat für 06:00 Uhr ein Taxi bestellt.", sagte Botatzi und setzte sich wieder.

„Dann sollten wir uns ein wenig hinlegen. Oder glauben Sie, es ist besser, dass einer wach bleibt?", fragte di Gallo.

„No, Sergente. Ich glaube nicht, dass etwas Unvorhergesehenes passieren wird. Lassen Sie uns ein wenig schlafen. Der Tag war lang und anstrengend und wer weiß, wie es morgen wird."

Wenig später gingen auch in Zimmer 208 und 210 die Lichter aus.

Der Wagen der Mafia stand indes weiterhin ungesehen in einer dunklen Ecke des Hotels, von wo aus der Eingang und der Parkplatz gut zu sehen war.

Capitolo quarantotto: Residence Villa Rosa Garda

Norman, Ingolf und Elke, sowie Paolo und Teile des Fanclubs saßen nach dem Kyosk One Konzert gemeinsam im selbigen. Claudia saß ebenfalls noch mit am Tisch. Paolo war emotional ergriffen. Er saß etwas abseits und hatte feuchte Augen.

„Paolo! Che succede? Perché sei cosi silenzioso?", fragte Ingolf und klopfte ihm dabei freundschaftlich auf die Schulter.

„Was für eine Ehre. Was für eine Gioia. Bin so dankbar. Gratitudine! So was ist Unerzehlbar! Gänsehsutig! Unvergesslich! Einfach so... Ah che bello! Ach wie tolllll! Ich könnte Tränen für Freude. Das war so... so bellissimo, amici. Das hat noch nie jemand für mich, für uns getan."

„Und dann auch mit unser Lied. Live. Hier in der Villa Rosa. Von Norman gesungen. Grazie di cuore amici!", fügte Paolo noch hinzu.

Alle erhoben ihr Glas und prosteten sich zu. Auf den Balkonen war es ruhig geworden. Viele Apartments waren bereits dunkel. Kurz nach dem Konzert waren viele wieder zurück in ihre Wohnungen gegangen. Einige hatten sich aber auch aufgemacht nach Garda.

Ein greller lauter Schrei durchbrach die Stille in der Anlage.

Sekunden später stürmte ein nackter Mann aus dem hinteren Haus. Er lief über den Parkplatz und verschwand im vorderen Gebäude. Er lief schnell, dass man nicht genau erkennen konnte, wer es war. Paolo hatte eine Vermutung, sagte aber nichts. In einigem Abstand folgte eine Frau mit Silikonimplantaten und einem Haarnetz. Unterhalb des Bauchnabels hatte sie die gleichen Körperteile wie der Mann!

Die Gruppe am Kyosk One schaute geschockt zum Parkplatz. Auch auf den Balkonen hatten sich wieder einige Personen eingefunden.

Die Frau mit Haarnetz, Brustimplantaten und dem männlichen Geschlechtsteil ging langsam wieder zurück in ihr Gebäude.

„Neeeeein. Das gibt doch nicht. Das sind ja Frauen im Mannkörper. Oh, mio dio! Ein Dragqueen!"

Paolo war geschockt. Er ging hinter die Theke, nahm die Flasche Ramazzotti und ein paar Gläser und ging damit wieder zurück. Er stellte die Gläser auf den Tisch und schenkte ein.

„Die geht auf Haus. Salute!"

Ohne auf die anderen zu warten, leerte Paolo sein Glas.

Manfred Schwäbele hatte sein Apartment erreicht. Niemand war ihm mehr über den Weg gelaufen. Er war splitterfasernackt. Seine Kleidung hielt er in den Händen. Er zog den Schlüssel aus seiner Hose und öffnete leise die Tür. Es war dunkel. Aus dem Nebenzimmer war ein ohrenbetäubendes Schnarchen zu hören. Seine Schwiegermutter war gerade dabei, den Harz abzuholzen. Ohne ein Wort verschwand er im Badezimmer.

Es war eigentlich ein perfekter Abend gewesen. Bis vor wenigen Minuten. Der Moment, als Manfred bei Lola in die Tiefe gehen wollte. Seine Hand wanderte nach unten. Unter ihr Kleid. Was er da allerdings in die Finger bekam, war nicht das, was er wollte.

Dabei fing alles so gut an. Ein paar Gläser Prosecco und dann ging alles ganz schnell. Lola zog ihn ins Schlafzimmer. Sie zog ihn aus und küsste ihn am ganzen Körper. Sie war der Wahnsinn. Ihre Hände, ihre Lippen. Sie waren einfach überall. Er drehte sie auf den Rücken. Noch immer hatte sie ihr Kleid an. Manfred küsste sie. Seine Hand ging zu ihren Brüsten. Sie waren fest. Er knetete sie und küsste ihren Hals. Sie stöhnte. Seine Hand ging weiter nach unten. Unter ihr Kleid. Die Innenschenkel entlang. Immer weiter nach oben. Dann hatte er etwas in der Hand, was ihm bekannt vorkam, aber dort irgendwie nicht hingehörte. Lola stöhnte. Er stockte und tastete. Er hielt etwas Hartes in der Hand.

Was dann geschah, war hinlänglich bekannt.

Manfred stand mittlerweile unter der Dusche. Er rubbelte jede Stelle seines Körpers, bis sie rot war. Mehrmals würgte er. Nach der Dusche leerte er die halbe Zahnpastatube und putzte sich mehrmals die

Zähne. Er steckte seine Zahnbürste bis tief in den Rachen. Wieder musste er würgen.

Nochmals ging er unter die Dusche. Manfred drehte ganz heiß auf. Es dampfte und das heiße Wasser brannte auf seiner Haut. Zehn Minuten später war er fertig. Seine Haut war taub von der Hitze. Er trocknete sich ab. Dann verließ er das Badezimmer und legte sich direkt in sein Bett. Seine Schwiegermutter war immer noch dabei, den Harz zu forsten. Manfred Schwäbele schloss die Augen und versuchte einzuschlafen. Immer wieder aber hatte er diese Bilder vor seinen Augen. Irgendwann überkam ihn allerdings die Müdigkeit und auch er schlief ein.

Capitolo quarantanove: Questura

Susanna Luca saß auch an diesem Abend wieder zu später Stunde in ihrem Büro. Gerade waren die vorläufigen Abschlussberichte der Pathologie, sowie des kriminaltechnischen Labors angekommen. In den Berichten waren alle Toten aufgeführt, die nicht eines natürlichen Todes gestorben waren. Explizit ging es in diesen Berichten einzig und allein um die Toten von Garda und Bardolino, sowie um Hans Vogtländer, der ja im Gefängnis von Verona ums Leben kam und Monate vorher mordend am See sein Unwesen trieb. Jeder dieser Toten war trotzdem einer zu viel.

Die Vice Questore überflog die Dateien. Sie gab mehrere Schlagwörter ein und las nur die Texte, die ihr dann aufgezeigt wurden.

Eine Datei war besonders interessant. Die mit der gefundenen DNA von Mohamad Ibn Al Hamadi. Seine Spuren waren faktisch an jeder Leiche nachgewiesen worden. Es gab keine anderen Spuren. Keine weitere Person. Dieser Al Hamadi musste allein gehandelt haben. Er war, so hatte es die Europol mitgeteilt, ebenfalls von der Organisation. Diese Organisation, die bereits die Arkims, Mitailowitch und noch einige andere als Mitglieder hatte. All diese genannten lebten nicht mehr. Umgebracht oder umgekommen in den letzten Wochen und Monaten.

Das alles war mehr als merkwürdig und doch passten all die Puzzleteile zusammen. Susanna Luca holte einen Umschlag aus ihrer Schublade. Er war aus Rom. In ihm Informationen. Dieser Al Hamadi war in den letzten Monaten insgesamt zwölf Mal nach Italien eingereist! Immer mit dem Flugzeug. Jedoch aus verschiedenen Ländern. Wie oft er mit dem Auto oder auch vermutlich mit dem Zug eingereist war, stand nicht in dem Brief aus Rom. Aber sicherlich käme man dann locker auf gut zwanzig Einreisen.

Sie stand auf und ging zum Fenster. Draußen war es stockfinster. Susanna Luca kaute an einem ihrer Fingernägel. Es knackte mehrmals.

„Una merda. Un solo uomo. Solo uno che ha fatto tutto questo qui."

Sie ging zurück zum Schreibtisch, setzte sich und wählte die Nummer von Botatzi. Es klingelte. Nach dem sechsten Freizeichen hob er endlich ab.

„Botatzi? Hier ist Luca. Hören Sie zu. Dieser Hamadi ist unser Alpha Männchen. Verstehen Sie? Botatzi?"

Sie hörte nur ein leises Atmen.

„Haben Sie mal auf die Uhr geschaut? Was gibt es so wichtiges?", fragte der Commissario jetzt.

„Nein, habe ich nicht. Aber so spät kann es nicht sein, denn ich bin ja auch noch wach! Und am Arbeiten!", konterte Susanna Luca.

Ein Stöhnen war zu hören. Botatzi erhob sich und setzte sich auf die Bettkante.

„Also gut, ich bin ganz Ohr."

Susanna Luca erzählte ihm, was sie vorliegen hatte. Sie erwähnte den Brief aus Rom und die Daten, die in den Berichten standen. Botatzi hörte aufmerksam zu. Er war mit einem Mal wieder hellwach.

„Ich möchte, dass sie ihn morgen früh festnehmen. Er will, vermute ich, zum Flughafen. Dieser Hamadi hat ein Zimmer bei Ihnen im Hotel. Also nehmen Sie ihn morgen früh fest und bringen Sie ihn hierher. Dann sehen wir weiter.", sagte sie leise.

Wieder hörte sie nur ein leises Atmen.

„Va bene. Wir werden ihn gleich morgen früh festnehmen. Er hat ein Taxi bestellt. Sobald er losfährt, werden wir ihn aufhalten, festnehmen und in die Questura bringen.

Capitolo cinquanta: Irgendwo in den Wäldern

Nachdem das Telefonat mit Susanna Luca beendet war, legte sich Botatzi wieder hin. Er schlief direkt ein. Jedoch hatte er einen sehr unruhigen Schlaf.

Bereits um fünf Uhr ging sein Wecker. Er stand auf, weckte di Gallo und ging duschen. Kurz darauf stand er im Zimmer des Sergente.

„Kommen Sie, lassen Sie uns nach unten gehen. Es ist gleich sechs. Wir wollen ihn nicht verpassen."

Bevor sie nach unten gingen, erzählte Botatzi in kurzen Worten, was er am Vorabend von der Vice-Questore erfahren hatte. Beide verließen das Hotel und gingen zum Wagen. Bereits von weitem konnten Sie sehen, dass die Reifen keine Luft mehr hatten. Jemand war ihnen wohl auf die Schliche gekommen.

Das Taxi fuhr vor. Ein Mann kam aus dem Hotel und stieg ein. Der Wagen entfernte sich. Zur gleichen Zeit brannten Scheinwerfer auf. Ein weiteres Fahrzeug setzte sich in Bewegung.

„Merda! Das ist der Grund, dass wir keine Luft mehr in den Reifen haben. Merda! Merda! Merda!"

Botatzi lief ins Hotel. Kurz darauf kam er wieder hinaus.

„Los, Sergente! Da rüber zu dem Transporter!"

Beide stiegen in einen alten Fiat Ducato. Kurz darauf hatten sie Goito verlassen. In hoher Geschwindigkeit fuhren sie die Strada entlang. In größerer Entfernung war das Taxi und der andere Wagen zu sehen. Di Gallo drückte das Gaspedal durch.

Es waren wenige Fahrzeuge unterwegs. Es war noch dunkel. Die Sonne ging gerade erst auf. Das Licht der Scheinwerfer der vorderen Fahrzeuge war daher noch über viele Meter zu sehen.

Langsam holte der Transporter mit Botatzi und di Gallo auf. Es waren nur noch wenige hundert Meter zu beiden Fahrzeugen. In einiger Entfernung kam ein Bahnübergang. Das Taxi und der andere Wagen fuhren über die Gleise. Dann blinkten die Lichter auf und die Schranke schloss sich. Di Gallo machte eine Vollbremsung und kam wenige Zentimeter vor der Schranke zum Stehen. Botatzi sprang aus dem Wagen. Die beiden Fahrzeuge waren nur noch schwach zu sehen.

„Merda!... Merda! Merda! Merda! Verdammt. Das darf doch nicht wahr sein! Wo bleibt dieser verdammte Zug?"

Botatzi tobte und schlug mehrmals auf die Motorhaube des Transporters.

Von links näherte sich die Bahn. Gemächlich fuhr sie an ihnen vorbei. Botatzi stieg wieder ein. Die Schranken öffneten sich und di Gallo fuhr los.

Die beiden Fahrzeuge waren nicht mehr zu sehen. Langsamer als noch vor wenigen Minuten fuhren sie die Straße weiter. Beide schauten immer wieder aus den Seitenfenstern hinaus. Es war nichts zu erkennen. Zu dunkel war es noch und die Wälder gaben die Dunkelheit einfach noch nicht her.

„Fermata Sergente! Da vorne ist was.", sagte der Commissario.

Di Gallo bremste und blieb stehen. Botatzi stieg aus und ging ein paar Schritte. Kurz darauf kam er zurück. „Nichts! Ich dachte da sei etwas gewesen."

Der Sergente fuhr langsam weiter. Momentan war die Fahrt eine Einbahnstraße. Weit und breit war nichts zu sehen. Niemand war auf der Straße. Die beiden Autos wie vom Erdboden verschwunden. Botatzi kurbelte das Fenster etwas runter.

„Wir fahren jetzt noch zehn Minuten weiter. Wenn wir nichts entdecken oder die beiden Fahrzeuge finden, drehen wir um und geben beide Fahrzeuge zur Fahndung raus. Diesen Al Hamadi werden wir dann ebenfalls zur Fahndung ausschreiben.", sagte der Commissario zu di Gallo.

Der Sergente nickte nur und lenkte den Fiat langsam über die Strada.

Etwa zwei Kilometer weiter fuhr das Taxi zügig durch ein Waldstück. Das Fahrzeug der Mafia folgte in einigem Abstand, aber immer noch so, dass sie das Taxi nicht aus den Augen verloren.

Modi saß im Fond des Wagens und war damit beschäftigt sein Flugticket zu buchen. Er bekam nicht viel von seiner Umwelt mit. Er schaute weder aus dem Fenster, noch unterhielt er sich mit dem Fahrer. Somit bekam er auch nicht mit, dass der Wagen falsch abbog und in einen asphaltierten Forstweg fuhr. Auch der andere Wagen bog in diese Straße ein, löschte jedoch das Abblendlicht und fuhr mit Standlicht weiter.

Das Taxi blieb stehen. Modi blickte auf.

„Hey. Was ist los? Warum halten wir hier?", fragte er unfreundlich.

Ohne ein Wort stieg der Fahrer aus. Er riss die hintere Tür auf und zog Modi gewaltsam hinaus. Mit einem Schlagring schlug er auf ihn ein. Dabei brach er ihm das Jochbein und den Unterkiefer. Modi schrie auf. Der nächste Schlag traf ihn am Brustbein. Es knackte. Modi rang nach Luft. Jeder Atemzug brannte. Er lag auf dem Boden und hatte Probleme zu atmen. Der wortkarge Taxifahrer zog ihn an den Haaren hoch und schleuderte ihn auf die Motorhaube. Der nächste Schlag traf Modi in den Nieren. Er sackte zusammen und verlor für einen Bruchteil einer Sekunde sein Bewusstsein. Wieder wurde er gewaltsam nach oben gezogen.

Der andere Wagen stoppte nun direkt neben dem Taxi. Die drei stiegen aus. Auch sie sagten kein Wort. Modi lag auf der Motorhaube. Er blutete und sein Gesicht war bereits angeschwollen. Er hatte Schmerzen und nahm alles wie durch einen Schleier wahr. Wieder traf ihn ein Schlag. Die anderen drei standen drumherum und schauten zu. Einer der Männer zog seine Pistole. Er entsicherte und schoss Modi in die Kniescheibe. Modi schrie auf und sackte zusammen. Eine weitere Kugel traf ihn in der Schulter. Noch eine durchschlug seitlich am Bauch und trat hinten wieder aus. Blutüberströmt lag er am Boden. Dumpf hörte Modi jetzt Stimmen.

„Los, bring es zu Ende. Und dann lass uns zurück zu Don Mario. Wir haben schon viel zu viel Zeit mit diesem Möchtegernmafiosi verbracht."

Der Taxifahrer zog Modi wieder hoch. Der konnte sich allerdings nicht mehr auf den Beinen halten. Immer wieder sackte er zusammen.

„Los jetzt! Mach schon, bevor uns hier noch jemand sieht!", sagte der dritte, der bis jetzt im Hintergrund stand.

Er hatte ebenfalls eine Waffe in der Hand. Es war eine Maschinenpistole. Er kam nach vorne. Ohne etwas zu sagen, feuerte er sein komplettes Magazin auf Modi. Eine Kugel durchschlug seine Brust, zwei weitere trafen den Kopf, sowie Bauch, Arme und Beine. Der Körper von Modi zuckte. Innerhalb von Sekunden hatte er sechszehn Schuss abgefangen. Tödlich getroffen, sackte er endgültig zusammen. Der Taxifahrer zog ihn zur Seite. Die drei stiegen in ihren Wagen, wendeten und fuhren die Straße zurück. Das Taxi folgte. An der Straßenkreuzung fuhren sie ohne Beachtung des Verkehrs auf die Hauptstraße. Der Fiat mit Botatzi und di Gallo, der gerade an dieser Kreuzung ankam, konnte einen Zusammenstoß nur durch eine Vollbremsung verhindern. Das Taxi machte es dem voranfahrenden Fahrzeug gleich und fuhr hinterher.

Botatzi schaute in den Rückspiegel und notierte sich die Kennzeichen. Di Gallo lenkte den Fiat Ducato in den Forstweg. Bereits von weitem sahen sie den leblosen Körper am Wegesrand liegen. Der Fiat hielt mit quietschenden Reifen. Botatzi und di Gallo sprangen aus dem Wagen. Vor ihnen lag ein blutüberströmter Körper. Botatzi prüfte den Puls. Nichts! Alles Leben war aus dem Köper entwichen. Der Commissario informierte die Spurensicherung und auch Susanna Luca. Etwa dreißig Minuten später war die komplette Gegend abgeriegelt. Selbst Susanna Luca, das Sonderkommando und die Presse waren anwesend. Der Bestatter transportierte gerade die sterblichen Überreste von Modi ab.

„Die Mafia muss uns und auch diesen Al Hamadi beobachtet haben. Das würde auch erklären, warum unser Wagen manipuliert wurde. Sie müssen die ganze Zeit am Hotel gewesen sein. Auch der Taxifahrer gehörte dazu.", sagte Botatzi.

Susanna Luca nickte, ohne ein Wort zu sagen.

„Commissario. Sagen Sie was ist mit dem Toten? Wie kommt er hier her und warum wurde er so hingerichtet?", fragte einer der Journalisten.

„Kein Kommentar. Wir werden zu gegebener Zeit zu diesem Vorfall ein offizielles Statement herausgeben!", kam die Vice-Questore dem Commissario zuvor.

Das komplette Gebiet war mittlerweile abgeriegelt. Die Sonne strahlte durch die Baumkronen. Auf dem Boden war das Blut von Modi jetzt noch deutlicher zu sehen. Die Reifenspuren waren bereits mit Beton ausgegossen. Man erhoffte sich hier weitere Informationen. Die Kennzeichen, die Botatzi notiert hatte, waren bereits zur Fahndung ausgeschrieben.

Er und di Gallo stiegen in den Fiat und machten sich auf zurück zum Hotel. Auch Susanna Luca stieg in ihren Dienstwagen und verließ langsam den Tatort. Zurück blieben die Spurensicherung, das Sonderkommando und die Presse.

Von all der Aufregung war am nächsten Morgen noch nicht allzu viel zu spüren. Die lokale Presse hatte die Neuigkeiten bisher noch nicht gestreut.

Birgit war schon sehr früh auf den Beinen an diesem Morgen. Sie war bester Laune und saß bereits seit einigen Minuten in einer nahegelegenen Trattoria. Vor ihr stand ein Cappuccino und ein Croissant.

In etwa einer Stunde ging ihr Boot nach Limone. Dort würde sie Luigi dann abholen. So hatten es beide jedenfalls ausgemacht. Birgit Schnippel-Limbach bezahlte und machte sich auf den Weg zum Hafen. Dort kaufte sie sich ein Ticket und wartete auf einer Bank. Eine knappe Stunde später legte die San Marco am Hafen von Limone an. Birgit verließ das Boot. Luigi stand etwas abseits vor dem Hotel Azzurro.

Er war auch bereits seit einigen Stunden auf den Beinen und hatte in einer kleinen Trattoria oben in Tignale gefrühstückt. Zu diesem Zeitpunkt sickerten die ersten Informationen durch. Immer mehr kam heraus und wurde in den Medien verbreitet. Überall waren Berichte der Toten von Bardolino und Garda und auch von Hans Vogtländer. Dazu die neueste Meldung über den Mord an Mohamad Ibn Al Hamadi. Was nicht erwähnt wurde in all den Berichten, war die Mafia. Das wurde nirgends nur mit einem Wort erwähnt. Spätestens morgen würden auch alle Zeitungen voll davon sein.

Nach dem Frühstück war Luigi hinunter nach Limone sul Garda gefahren. Seinen Wagen hatte er auf dem Parkplatz oberhalb des Spar-Marktes abgestellt und war von dort hinunter zum Hafen gelaufen.

Luigi nahm Birgit in den Arm. Am Schiffsanleger standen sehr viele Touristen, die auf die Boote aus Riva und Malcesine warteten.

„Lass uns einen Augenblick hier warten. Es sind einfach zu viele Menschen hier. Und wenn wir uns da durchdrücken…", sagte Luigi und zeigte auf die Masse.

„Komm wir setzten uns da vorne hin. Das erste Boot kommt bereits da hinten.", sagte Birgit und zog Luigi zu den Stufen.

Beide setzten sich und sagten erstmal nichts mehr. Birgit blickte auf den See. Luigi schaute sie an.

Das erste Boot legte an und mehr als die Hälfte der Wartenden stieg ein. Minuten später legte es wieder ab und fuhr hinaus in Richtung Malcesine.

Luigi blickte zum Schiffsanleger. Es war jetzt deutlich leerer.

„Sollen wir gehen?", fragte Luigi und schaute Birgit an.

Sie nickte und beide standen auf. Gemeinsam verschwanden sie in den Gassen und schlenderten am alten Hafen entlang.

„Warst du schon einmal hier? Ich meine in Limone?"

„Nein, das ist heute das erste Mal. Es ist traumhaft hier. Die engen Gassen, der kleine alte Hafen. Die vielen idyllischen Läden."

Birgit und Luigi gingen die Via Daniele Comboni hinauf. Jede Menge Urlauber drängten sich durch die Gasse. Bei Ottofrutta Mimo di Segala hatte sich eine kleine Menschentraube gebildet, die alle um eine Cedropyramide standen und diese fotografierten.

Beide drängten sich vorbei und standen kurz darauf vor der Gelateria Pink Panther.

„Man sagt hier gäbe es das Beste Eis von Limone?"

„Und, Stimmt es?", wollte Birgit wissen.

„Keine Ahnung! Ich mache mir nicht sonderlich viel aus Eis.", antwortete Luigi.

Birgit ging hinein und kam Sekunden später mit zwei Kugeln Eis zurück.

„Stracciatella oder Zitrone?"

„Eigentlich keines von beiden. Aber ich probiere gerne das Stracciatella.", sagte er und lächelte gequält. Er musste jedoch zugeben, dass das Eis wirklich sehr gut war. Sie gingen weiter. An dem Aufgang einer schmalen Gasse blieben sie stehen. Birgit schaute mit großen Augen erst die schmale Gasse nach oben und anschließend zu Luigi.

„Da oben irgendwo steht das Auto.", sagte er entschuldigend

„Wir können ja auf halben Weg eine Pause einlegen!", schob Luigi hinterher und zeigte auf die Pasticceria Bar Gelateria Piva, die nur wenige Meter entfernt war.

Luigi grinste, nahm die Hand von Birgit und zog sie die Gasse hinauf. Wie angekündigt, machten sie nach knapp zwanzig Metern im Piva eine Rast. Sie bestellten zwei Aperol Spritz und Birgit noch eine Käsesahne.

Eine Stunde später hatten es beide geschafft. Sie standen am Kassenhäuschen des Parkhauses. Luigi zahlte und sie gingen zum Auto. Kurz darauf verließen sie das Parkhaus. Er lenkte den Wagen durch Limone und dann Richtung Süden. Knapp dreißig Minuten später erreichten sie das Plateau von Tignale. Luigi zeigte Birgit erst einmal den kleinen Ort Gardola. Sie gingen durch die ruhigen Gassen und standen kurz darauf vor Luigis Restaurant.

„Das ist er also? Dein Gourmettempel!", scherzte sie.

Er lachte und beide gingen hinein.

Capitolo cinquantadue: Questura

Botatzi stand im Büro von Susanna Luca. Hinter ihm stand Sergente di Gallo.

Dottoressa, wir müssen diesen Don Mario vorladen lassen. Wir haben die Fahrzeuge überprüft, die uns aus dem Forstweg entgegenkamen. Selbst das Taxi war ein Auto der Mafia. Die Beweise sind eindeutig. Ich werde noch heute…"

„Commissario!", unterbrach Susanna Luca ihn.

„Commissario. Die Ermittlungen werden eingestellt! Befehl von oben. Von ganz oben!"

Botatzi schaute sie entsetzt an.

„Aber… Wir haben die Täter… Das war ein Auftragsmord Dottoressa.", versuchte Botatzi zu erklären.

„Commissario! Schließen Sie die Akte. Das ist ein Befehl. Ansonsten werden wir alle ein Problem haben. Oder haben Sie Lust, Dienst irgendwo in Kalabrien zu verrichten. Da ist richtig Mafia und die Lebenserwartung für Polizeibeamte sehr gering.", sagte sie und schaute aus dem Fenster.

Botatzi schaute auf den Boden. Er versuchte nochmals zu erklären.

„Aber es ist doch unser Fucking Job, Schuldige zu fangen und aus dem Verkehr zu ziehen. Was sind wir denn für Polizisten, wenn wir so etwas durchgehen lassen. Da draußen gibt es Menschen, die schauen zu uns hoch und vertrauen auf uns und unseren Staatsapparat. Wir…"

„Commissario! Jetzt ist Schluss. Hören Sie auf! Glauben Sie. mir macht das Spaß? Denken Sie nur nicht, dass ich das gut finde! Diese Entscheidung kommt direkt aus dem Ministerium in Rom. Und wie ich Ihnen bereits sagte, wenn wir nicht aufhören, sitzen wir morgen schon im Flieger nach Kalabrien.

Das ist Fakt und das wurde mir telefonisch so mitgeteilt!"

Botatzi nickte nur und schaute wieder zu Boden.

„Ich liebe meinen Job, aber ich weiß nicht, ob sich das mit meinem Gewissen vereinbaren lässt. Ich brauche Zeit. Ich bin keine Maschine und kein korrupter Politiker."

Botatzi drehte sich um und verließ das Zimmer. Di Gallo folgte ihm, ohne etwas zu sagen. Susanna Luca blieb allein zurück. Sie zuckte nur kraftlos mit den Schultern.

Capitolo cinquantatré: Tignale - Gardola

Luigi und Birgit hatten es sich in einer Ecke des Restaurants gemütlich gemacht. Nach einem Aperol Spritz gab es eine italienisch-schwäbische Vesperplatte. Eine Spezialität und einer der Renner im „Zum Schwäbischen Italiener". Luigi hatte als zweiten Gang noch eine große Portion Maultäschle Carbonara geordert. Dazu gab es einen schönen Bardolino.

In einer Ecke an der Wand war ein Flachbildfernseher montiert. Dort liefen schon die ganze Zeit Berichte zu den Vorfällen der letzten Tage am Gardasee.

„Schrecklich! Da ist man hier an einem der schönsten Orte der Welt und dann ist Mord und Totschlag so nah.", sagte Birgit erschrocken und schaute ganz gespannt auf den Bildschirm.

„Eigentlich ist es hier sehr idyllisch und wunderschön. Aber seit etwa einem Jahr passieren hier ständig solche Verbrechen."

„Aber das ist doch schrecklich! Weiß man, warum genau hier? Oder ist das alles nur Zufall?"

Luigi zuckte mit den Schultern. Er verschwieg, dass er vor einem Jahr einer der Hauptdarsteller war, als dieser Arkim hier am See sein Unwesen trieb. Das wollte er Birgit mal irgendwann erzählen.

Er winkte Michele und ließ den Sender am Fernseher wechseln. Ab sofort lief Radio Italia. Gerade sang Gianni Morandi.

„Kein Highlight, aber immer noch besser als diese Toten vom See.", sagte Luigi.

Eine weitere Stunde später hatten beide genug. Sie verließen leicht aufgebläht und wohl genährt das Restaurant.

„Gehen wir noch eine kleine Runde? Ich fühle mich irgendwie so voll. Das Essen aber war ein Traum.", sagte Birgit und hakte sich bei Luigi ein.

Er grinste und beide gingen langsam die Straße entlang. Vorbei an kleinen Boutiquen, alten Häusern mit kleinen verwinkelten Höfen und dem ein oder anderen Einheimischen, der freundlich grüßte.

„Wie lange wirst du bleiben? Ich meine hier am Gardasee?", fragte Luigi nach einer Weile.

„Ich weiß es noch nicht! Aber ich muss bald zurück. Ich… Ich… habe Familie zu Hause und habe noch einiges zu klären."

Beide gingen, ohne ein weiteres Wort zu sagen, weiter. Irgendwann standen beide vor der Wohnung von Luigi.

„Hier wohne ich. Hast du Lust auf einen Kaffee? Und … Ich könnte dir meine Schallplattensammlung zeigen!", sagte er trocken.

Sie musste beide lachen.

„Das hört sich gut an. Kaffee und Schallplatten. Genau mein Ding!", sagte sie.

Luigi und Birgit verschwanden im Inneren. Minuten später saßen beide im Wohnzimmer der kleinen Wohnung. Luigi hatte gerade frischen Instant-Kaffee gemacht, da seine Maschine ja leider noch defekt war und auch noch ein paar Kekse im Schrank gefunden. Er stand auf und ging zu seinem Plattenspieler.

„Wie versprochen! Kaffee steht vor dir. Jetzt kommt meine Vinyl Sammlung.", sagte er lachend.

Er holte eine aus dem Regal und legte sie auf. Ein leises Kratzen war zu hören. Dann erklangen die ersten Töne. Luigi schloss die Augen und fing an sich langsam und rhythmisch zu bewegen. Auch Birgit summte leise mit. Dann allerdings verstummte sie und verzog das Gesicht. ABBA! Ihr größter musikalischer Alptraum. Gelangweilt saß sie auf dem Sofa und nippte an ihrem Kaffee. Sie verzog das Gesicht und schaute in die Tasse.

„Was ist los? Stimmt was nicht?", fragte Luigi und stoppte die Musik.

„Jetzt ist alles gut.", sagte Birgit.

Luigi schaute sie irritiert an.

„ABBA! Ich hasse ABBA!... Aber dein Kaffee ist der Wahnsinn.", log sie versöhnlich.

Luigi lächelte sie an, stand auf und nahm die ABBA Platte vom Teller. Er holte eine weitere aus dem Regal und legte sie auf.

„Kein ABBA! Versprochen.", sagte er.

Cose della vita ertönte leise aus den Boxen. Birgit lächelte. Er schien ihren Geschmack getroffen zu haben. Dass er allerdings Eros Ramazzotti nicht ausstehen konnte, ließ er sich nicht anmerken. Aber in eine gute Plattensammlung gehörte eine „Eros". Genau für solche Momente.

Beide saßen noch eine Weile zusammen auf dem Sofa und lauschten dem Italiener. Am späten Nachmittag brachte Luigi Birgit wieder nach Limone, von wo aus sie mit einem der letzten Boote nach Malcesine übersetzte.

Luigi stand noch eine ganze Weile am Ufer und schaute dem Schiff hinterher, bis er es nicht mehr sehen konnte. Auch Birgit stand noch lange auf dem Außendeck und blickte nach Limone.

Capitolo cinquantaquattro: Mailand

Don Mario stand am Fenster seines Wohnzimmers. Er blickte auf den Garten hinaus. Die Sonnenstrahlen trafen auf die Pinien und warfen lange Schatten. Er liebte diesen Blick. Der große Garten, die Stille und die unendliche Weite bis zum nächsten Grundstück.

In der Vergangenheit war er oft im Garten spazieren gewesen. Allein war Don Mario dann ein, zwei Stunden im Garten auf und ab gegangen.

Dann war er glücklich und vergaß, dass er eigentlich einer der führenden Paten Norditaliens war.

Don Mario drehte seinen Kopf und blickte in die Ecke des Raumes. Dort stand sein Rollstuhl, den er in letzter Zeit oftmals nutzte. Er war halt nicht mehr so gut zu Fuß. Die Spaziergänge im Garten waren bei weitem nicht mehr so ausgiebig.

Im Moment war er nicht gerade glücklich. Ganz im Gegenteil. Die Sache mit diesem Modi lief alles andere als gut. Natürlich hatte er die Liquidierung in Auftrag gegeben. Jedoch war er von seinen Leuten professionellere Arbeit gewohnt gewesen. Diesmal hatte er aber einen Neuen mitgeschickt, einen, der gerade erst zur Familie gestoßen war. Und genau dieser hatte das große Verlangen gehabt, sich zu beweisen.

Dieser Modi wurde nicht nur getötet und beseitigt, nein, er wurde hingerichtet. Das war nicht Don Marios Stil. Töten ja! Beseitigen ja! Aber nicht hinrichten.

Das überließ er den Kollegen aus dem Süden. Er war mehr der Gentlemen Mafiosi.

Der Neue jedenfalls hatte die Familie bereits wieder verlassen. Waagerecht und in einer Kiste mit flüssigem Zement. Das war Don Marios Stil!

Rom hatte ihn bereits kontaktiert. Nicht der Vatikan oder die Mafia. Nein, die italienische Regierung. Diese hatten genauso versucht mit einem Sonderkommando Mohamad Ibn Al Hamadi zu fassen und vor ein internationales Gericht zu bringen. So nah waren sie dran, ihn zu schnappen.

Sie waren schon einige Zeit hinter ihm her gewesen. Zusammen mit anderen europäischen Sondereinheiten, sowie der Europol. Das hatten die Männer von Don Mario mit einer kleinen Unachtsamkeit zunichte gemacht.

Und dann waren sie auch noch so blöd gewesen und wurden von zwei Polizisten vom Gardasee erwischt. Diese hatten die Kennzeichen der Wagen erkannt und zur Fahndung ausgeschrieben.

Das Telefon klingelte. Don Mario wandte sich vom Fenster ab und ging langsam zu dem kleinen Tisch in der Ecke. Er nahm ab.

„Si, prego."

„Don Mario. Hier spricht Giancarlo Samporia. Ich bin Staatssekretär im Innenministerium von Rom. Sie wissen, warum ich Sie anrufe?"

Don Mario atmete hörbar.

„Si, ich kann es mir denken. Die Zeitungen sind ja voll davon.", erwiderte er nach einer kurzen Pause.

„Hören Sie. Der Innenminister hat die Fahndung gestoppt und den Fall schließen lassen. Die Polizia vom Gardasee wird in diesem Fall nicht mehr ermitteln."

Wieder war es still. Nur das Atmen von Don Mario war leise zu hören.

„Grazie mille, Signore. Ich weiß das sehr zu schätzen. Was kann ich für sie tun? Oder wie kann ich mich dem Signore Innenminister erkenntlich zeigen?"

Wieder Stille. Diesmal war nichts zu hören.

„Wir werden uns bei Ihnen melden, sollten wir mal wieder ihre Dienste benötigen. Bis dahin bittet der Innenminister nur, dass sie und ihre Männer nicht mehr so in Erscheinung treten. Noch einmal kann das Ministerium Sie nicht in diesem Umfang decken."

Giancarlo Samporia legte ohne ein weiteres Wort auf. Don Mario legte den Hörer ebenfalls auf. Er drehte sich wieder um und ging langsam zurück zum Fenster. Dort stand er wieder und blickte hinaus in den großen Garten. Sein Blick war leer und ausdruckslos. Aus seiner Innentasche des Jacketts zog er eine kubanische Zigarre und zündete sie an. Er nahm einen tiefen Zug. Blauer Dunst quoll aus seiner Nase und seinem Mund. Don Mario war wütend. Wütend auf sich, aber auch wütend auf seine Leute Er war jetzt in einer Situation, in der er nie sein wollte. Das Ministerium hatte ihn und seine Familie in der Hand.

Er zog ein weiteres Mal an seiner Zigarre. Wieder quoll der Qualm aus Mund und Nase. Don Mario drehte sich um und ging zu dem Ohrensessel in der Mitte des Raumes. Er setzte sich und blickte wieder leer und ausdruckslos nach vorne.

Capitolo cinquantacinque: Arrivederci

Ein paar Tage waren vergangen. Das Weinfest in Bardolino war zu Ende und die ersten Hotels, Pensionen und Campingplätze geschlossen.

Auch in der Residence Villa Rosa würde in einigen Tagen Schluss sein. Wie bereits die Jahre zuvor wurde auch hier etwa Mitte Oktober geschlossen. Die ersten Gäste waren bereits vor Tagen abgereist. Angereist war niemand mehr. In den nächsten beiden Tagen würden nochmal fast sechzig Prozent abreisen.

Paolo reinigte ein letztes Mal den Pool. Er wurde jedoch nicht mehr genutzt, da das Wasser und auch die Luft mittlerweile recht frisch waren.

Gedankenverloren schaute er dabei zum Kyosk One. Dort hatte vor wenigen Tagen noch Norman Keil live sein Lied gesungen. Als er daran dachte, musste er lächeln. Es war ein schöner Abend gewesen. Norman, Ingolf, der Fanclub und auch Claudia. Alle waren sie da gewesen. Und dann noch die ganzen Gäste auf den Balkonen, am Pool und auf dem gesamten Gelände, die diesen Abend zu etwas ganz Besonderem gemacht hatten.

Für das kommende Jahr hatte er sich fest vorgenommen, solch ein Event nochmals auf die Beine zu stellen. Sein Hirn ratterte bereits und er hatte eine Menge Ideen. Diese hatte er in den vergangenen Tagen bereits auf seinen sozialen Kanälen geteilt und die Resonanz war bisher durch die Bank positiv gewesen. Vielleicht würden auch Teile des Fanclubs wieder da sein.

„Ciao, Paolo. Herr Schmitz und ich wollten uns verabschieden.", wurde er aus seinen Gedanken gerissen.

Erschrocken fuhr er herum. Margot Mallmann stand vor ihm. Etwas weiter unten hechelte Herr Schmitz.

„Ciao, Margot! Ciao, Signore Schmitz! Ist es gekommen zu sagen Ciao. Hat euch gefallen hier?"

Margot nickte, Herr Schmitz hechelte.

„Wir kommen wieder. Nicht wahr, Herr Schmitz? Und gefallen hat es uns auch sehr.", sagte sie mehr zu sich selbst.

„Das freut uns sehr. Und ihr seid naturlich sehr willkommen hier in Villa Rosa.", sagte Paolo.

Er begleitete beide nach vorne. Zusammen gingen sie durch den Osvaldo Shop.

„Du hast gar nichts für Herrn Schmitz. Aber ich nehme das, das und das.", sagte sie.

Stimmt. Du haste recht. Es fehlt was für unsere vierbeinige Freunde. Ich werde uberlege. Grazie, amica."

Paolo stand eine Stunde später wieder am Pool und machte dort weiter, wo er aufgehört hatte. Er hatte sich mit Margot total verquatscht. Die Sonne stand schon recht hoch und hatte noch immer Kraft.

Birgit Schnippel-Limbach stand an der Bushaltestelle in Malcesine. Sie hatte Luigi zuletzt in Tignale und Limone gesehen. Beide hatten aber seitdem mehrmals telefoniert.

Birgit hatte in den letzten Tagen mit ihrem Mann und auch mit ihrer Arbeitsstelle kontakt und signalisiert, dass sie erst einmal nach Deutschland zurückkehren würde. Es gab auf allen Seiten doch einiges zu klären.

Wie es allerdings weitergehen würde, wusste Birgit nicht. Irgendetwas sagte ihr, dass es hier am Gardasee ein Neuanfang werden könnte. Aber vielleicht waren es auch nur die typischen Gefühle, die man hatte, wenn man im Urlaub war und es einem so gut gefiel. Das galt es jetzt herauszufinden. Deshalb musste sie zurück nach Deutschland.

Da stand sie nun. In wenigen Minuten würde ihr Bus kommen, der sie zum Flughafen nach Verona bringen würde. Von dort ging es noch am Abend nach Frankfurt.

Zurück in der Villa Rosa. St. Pauli sagt Tschüss. Die Gruppe um Lothar Hartmann alias Lola hatte den alten Bedford beladen und war fertig zur Abreise.

Auch Manfred Schwäbele und Frieda Butzkamp hatten gerade ihre Taschen im Auto verstaut. Auf dem Parkplatz liefen sich alle über den Weg.

Manfred versuchte noch umzudrehen, stolperte aber, verlor das Gleichgewicht und knallte mit dem Kopf gegen die Scheibe des Dacia Duster. Ein dumpfer Schlag, gefolgt von einem Quietschen und einem schmerzhaften Schrei durchbrach die Stille. Die wenigen Gäste, die noch da waren, schauten erschrocken auf den Parkplatz. Manfred Schwäbele kniete benommen hinter dem Dacia. Lothar eilte zu ihm und half ihm hoch.

„Ahhhhh. Nein. Nicht doch.", schrie Manfred und blieb an der Anhängerkupplung des Wagens hängen.

Wieder verlor er das Gleichgewicht und fiel diesmal nach hinten. Wie ein Marienkäfer lag er auf dem Boden. Die ersten fingen an zu kichern. Auch Frieda Butzkamp konnte nicht mehr innehalten und musste sogar laut lachen.

Manfred lag noch immer auf dem Boden. Über ihn gebeugt stand Lothar. Seine Hände tasteten sich langsam vom Kopf aus abwärts. Manfred war wie gelähmt. Er konnte sich weder bewegen, noch einen Laut von sich geben. Er ließ es einfach über sich ergehen. Sekunden später standen noch fünf weitere um Manfred herum. Gemeinsam halfen sie ihm auf die Beine.

„Das hättest du vor ein paar Tagen auch haben können. Aber du musstest ja gehen.", flüsterte Lothar und zwinkerte Manfred zu.

Schwäbele schob Lothar zur Seite und ging auf Paolo und seine Schwiegermutter zu, die etwas abseits standen. Er musste würgen, als er an den besagten Abend dachte.

„Komm Schwiegermutter! Nur weg hier. Sofort!"

„Aber, Aber Junge. Jetzt mach doch nicht so einen Stress. Wir haben doch Zeit. Auf der Autobahn ist wieder nur Stau.", sagte sie und schaute ihn an.

Dann stehe ich lieber im Stau als noch eine Minute hier.", antwortete Manfred.

Paolo schaute etwas irritiert.

„Was los Manfred? Kann ich helfen? War etwas nich in Ordnung?"

Schwäbele schaut erst Paolo an und drehte sich dann um, um zu Lothar zu schauen.

„Nein. Ich möchte einfach nur fahren. Es war alles in Ordnung."

„Wenn nicht, du musst mir sagen, damit ich ändere.", sagte Paolo noch immer etwas irritiert.

„Kommst du bitte Frieda? Sag auf Wiedersehen. Ich möchte jetzt fahren!"

„Es tut mir leid Paolo. Ich weiß nicht was geschehen ist. Aber lass dir versichern, es liegt weder an dir noch an unserem Aufenthalt hier bei euch in der Villa Rosa. Alles war bestens und es gab nichts, wirklich gar nichts, was zu beanstanden wäre."

„Vielen Dank für die schönen Tage hier bei euch. Wir haben es sehr genossen. Auch wenn dieser Stronzo es jetzt nicht zeigt.", sagte sie und zeigte auf Manfred.

Paolo verabschiedete die beiden. Kurz darauf fuhr Manfred mit durchdrehenden Reifen vom Parkplatz. Weder Frieda noch er wechselten in den nächsten Stunden auch nur ein Wort.

Lothar Hartmann und seine Begleiter standen ebenfalls bei Paolo. Auch sie waren ready zum Aufbruch. Sie verabschiedeten sich. Paolo schaute jeden einzelnen tief in die Augen und betrachtete zudem jeden nochmals von Kopf bis Fuß als sie zum Wagen gingen. Der Gang war merkwürdig. Fast ein bisschen weiblich. Und dann diese Beine. Tadellos und unendlich lang. Paolo schüttelte den Kopf, drehte sich um und verschwand im Inneren.

Luigi Schifferle stand vor seiner Wohnung in Tignale. In der Hand hielt er ein Glas Rotwein. Sein Blick war leicht glasig. Die Augen gerötet. Er schaute grob in Richtung Malcesine. Luigi erhob sein Glas.

„Auf dich, Bigi. Ich hoffe, wir sehen uns bald wieder."

Er nahm einen kräftigen Schluck.

Beide hatten sich seit dem Besuch bei ihm nicht mehr gesehen. Sie hatten sich in Limone am Schiffsanleger getrennt. Seitdem allerdings ununterbrochen miteinander geschrieben und auch bestimmt ein Dutzend Mal telefoniert.

Gestern hatte sie ihm dann mitgeteilt, dass sie zurück nach Deutschland gehen würde. Luigi war geschockt gewesen nach dieser Nachricht. Birgit hatte geweint und irgendwann einfach aufgelegt.

Heute morgen dann hatte sie ihm geschrieben, dass sie sich wiedersehen würden. Schon bald! Und dass sie sich melden würde, wenn sie zu Hause angekommen sei.

Ein dunkler Alfa Romeo hielt vor dem Haus. Er wollte schon etwas sagen, da erkannte er den Fahrer.

„Ach nein, sieh an, der Signore Commissario.", begrüßte Luigi Botatzi förmlich.

„Warum so förmlich und unterkühlt, Herr Schifferle?", fragte er und grinste.

„Das fragst du noch? Wo warst du denn die letzten Tage? Und was musste ich da wieder lesen und hören? Man kann dich aber auch keine Minute aus den Augen lassen. Das Urlaubsparadies verkommt immer mehr zu einer kriminellen Hochburg.", sagte Luigi und hob den Zeigefinger.

„Hör bloß auf, Luigi. Darüber könnte man ganze Bücher schreiben. Es nimmt kein Ende. Und immer wieder diese Organisation von diesem Arkim-Clan."

Luigi verschwand im Haus und kam kurz darauf mit einem zweiten Glas und der Flasche Wein zurück.

„Hier, nimm erstmal einen Schluck. Der hilft.", sagte er und reichte Botatzi das Glas.

„Grazie, amico. Salute."

Botatzi prostete Luigi zu. Beide nahmen einen kräftigen Schluck. Dann standen sie nur da, sagten nichts und schauten starr ins Leere. Luigi blickte dabei wieder Richtung Malcesine.

„Aber lassen wir das besser. Ich möchte heute nicht mehr daran denken und erst recht nicht mehr darüber sprechen. Lass uns einen trinken. Ich hatte dich die letzte Zeit sehr vernachlässigt.", sagte Botatzi und schaute zu Luigi.

„Ja, das hast du. Aber das kannst du ja wieder gut machen. Fahr den Wagen auf die Rückseite und stell ihn vor meine Garage.", sagte Luigi und nahm das Glas von Botatzi.

Kurz darauf saßen beide wieder zusammen auf zwei Stühlen vor dem Haus. Die Sonne ging langsam unter. Neben der Tür hatte Luigi einen Karton mit mehreren Flaschen Rotwein stehen.

„Los, erzähl, was hast du die letzten Tage gemacht?", wollte Botatzi jetzt wissen.

„So einiges. Das ist eine etwas längere Geschichte.", erwiderte Luigi.

„Kein Problem, Luigi. Ich habe ganz viel Zeit und nichts mehr vor heute.", antwortete Stefano Botatzi und prostete Luigi zu.

„Also gut, wenn das so ist. Aber ich warne dich Stefano. Es könnte auch emotional werden."

Luigi holte eine der Flaschen, goss nach und fing an zu erzählen, was er in den letzten Tagen alles erlebt hatte.

Capitolo cinquantasei: Haikou Hainan Provinz

Eine scheinbar verlassene Halle am Port von Haikou in der Provinz Hainan.

Am Tor prangte nur das Schild „Shinzu Logistics Limited". Keine Klingel, kein weiterer Hinweis.

Auch sonst war die Gegend nicht gerade einladend. Überall standen leere Container herum. Unweit der Halle parkten mehrere alte Lastkraftwagen. Einige von Ihnen waren verrostet und sicherlich seit Jahren nicht mehr bewegt worden.

Die Straßen waren heruntergekommen. Überall Schlaglöcher. An den wenigen Gebäuden, die ebenfalls in der Nähe standen, hingen unzählige Kabel und Berge von Müll türmten sich an der Straße.

Im Inneren saßen knapp ein Dutzend Frauen und Männer an Computern und tippten schnell und ohne zu reden Codes und Kombinationen in eine Matrix.

Das Innere der Halle sah wesentlich besser aus. Der Boden ausgelegt mit Teppich. Zumindest dort, wo gearbeitet wurde. Das Licht war gedämpft und es ertönte leise Musik aus Lautsprechern an der Decke. Ein Duft von Jasmin hing in der Luft.

Überwacht wurde die Arbeit von einem Mann, der etwas erhoben saß und mehr als zwanzig Bildschirme zu einer Leinwand verbunden hatte. Auf dieser liefen alle Daten zusammen.

Immer wieder blickte der Mann nach unten. Keiner derer, die unten saßen, blickte zu ihm hinauf. Er ging wieder zurück zu seinem Platz und setzte sich. Vor ihm stand ein Tablet. Darauf war das Gesicht eines älteren Mannes zu sehen, der ihn zu beobachten schien. Beide Männer sprachen nicht miteinander. Es schien so, als würde der Mann auf dem Tablet der Arbeit lediglich beiwohnen.

„Residence Villa Rosa shùjù bù zhèngquè. Tāmen rèngrán xūyào tiáozhêng.", sagte er von oben herab.

Eine Frau etwas weiter hinten hob kurz den Kopf und nickte.

„Shi de."

Etwa eine Stunde später waren alle fertig und das gleichmäßige Tippen war verstummt. Der Mann an der Leinwand klatschte in die Hände. Alle blickten zu ihm auf. Für einen kurzen Augenblick regte sich nichts. Dann drückte er mehrere Tasten auf einem Board. Die Matrix auf der Leinwand fing an, sich zu bewegen. Dort, wo vor wenigen Sekunden unter anderem noch Residence Villa Rosa zu lesen war, leuchtete jetzt ein Totenkopf. Der Schriftzug dafür war ausgelöscht.

Ein zaghaftes Klatschen begann, das immer euphorischer und kräftiger wurde. Immer mehr Daten auf der Leinwand verschwanden und wurden durch diese Totenköpfe ersetzt.

Minuten später wechselte der Hintergrund und eine Weltkarte erschien auf der Leinwand. Überall dort wo wenige Minuten zuvor noch Namen standen, leuchteten jetzt kleine, neongelbe Totenköpfte.

Der Mann auf dem Tablet nickte anerkennend und applaudierte.

Eigentlich das ENDE, oder doch nicht…?

Ah che bello *Lago di Garda*

Er wird das Sprachrohr der Herzen genannt.
Auf seinem Fahrrad, zeigt er uns den See.
Ich kann den Sommer, echt kaum noch erwarten,
auf Paolo und Familie Bertamè.
Denn am Lago, fühlt man sich Zuhause.
Mit Oliven und guten Wein.
Und dann ein Cocktail am Kyoskone.
Ich will da ganz ganz schnell wieder sein.

Ah che bello. Ah che bello Lago di Garda.
Denn wer einmal diese Schönheit gesehen hat,
wird es für immer versteh'n.
Ah che bello. Ah che bello Lago di Garda.
Denn mit Cuore, Speranza und Amore,
werden wir uns wiedersehen.

Ja ja der Sommer rückt jetzt näher.
Villa Rosa. Zimmer letztes Jahr schon gebucht.
Die kleinen Gassen der Liebe,
ja danach habe ich schon so lange gesucht.
Paolo sagt, er könnte Tränen für Freude,
man will da schnell wieder sein.
Limoncello von Morelli und von Vincenzi den besten Wein.

Ah che bello. Ah che bello Lago di Garda.
Denn wer einmal diese Schönheit gesehen hat,
wird es für immer versteh'n.
Ah che bello. Ah che bello Lago di Garda.
Denn mit Cuore, Speranza und Amore,
werden wir uns wiedersehen.

Ich kann es kaum noch erwarten
durch Bardolino zu gehen
Wir mit'm Boot übern See
Am Monte Baldo liegt noch Schnee, oh ja

Text: Norman Keil & Ingolf Keil

Danke

Wenn Ihr hier angekommen seid, habt Ihr es mal wieder fast geschafft. Ich freue mich sehr und danke jedem einzelnen auch diesmal für das Vertrauen in meine Geschichten. Ihr macht diese Reise immer wieder zu etwas besonderem, wenn ihr mich immer wieder dazu inspiriert, noch ein weiteres Buch zu schreiben. Mir bleibt wieder nur einmal von ganzem Herzen zu sagen „Grazie di cuore amici".

Besonders danken möchte ich gerne:

Meinen ehrenamtlichen Hobbylektoren, Irina Decker, Barbara Hermann und Simone Bottling die mich hier wieder tatkräftig unterstützt haben, das Buch und die Wörter ins richtige Licht zu rücken. Einen besonderen Dank auch wieder an Paolo Bertamè. Du und deine ganze Familie seid einfach meraviglioso. Grazie di cuore amico. Danke auch an Ingolf und Norman Keil, dass ich beide in die Geschichte einbauen durfte. Und auch ein Dankeschön an Claudia Seufert. Auch Sie ist ein kleiner Teil der Geschichte. Alle anderen im Buch genannten Personen sind natürlich, wie immer frei erfunden. Sollte sich doch jemand in einer Person erkennen, so war es einfach nur Zufall. Das Cover ist dieses Mal wieder ein Made by me, aber mit so viel cuore.

Die Orte sind es aber wie immer nicht. Sie spiegeln die Sehnsucht und Liebe wider, die mich erfüllten, als ich auch dieses Buch schrieb. Ich hoffe es hat euch auch diesmal gefallen und ich konnte euch wieder ein wenig entführen in eine andere Welt, an den für mich immer noch schönsten Ort der Welt, den Gardasee.

Ebenfalls erschienen bei BoD:

Paolo Botti

Vinceremo

ISBN: 978-3753498515

Luigi Schifferle hat sein Leben als Polizist gegen das am wunderschönen Gardasee eingetauscht. Sein Ziel, ein eigenes Restaurant.
Friedhelm und Gudrun Muckel wollen dort einfach nur Urlaub machen. Und dann ist da noch Oberkommissar Martin Schunk in Stuttgart und Commissario Stefano Botatzi in Riva del Garda die beide das gleiche Problem haben, die Organisation.

Paolo Botti

Io ci credo

ISBN: 978-3755799597

Die Organisation ist zurück! Mit ihr auch Luigi Schifferle, Stefano Botatzi und viele andere aus Vinceremo. 3 Tote an unterschiedlichen Orten am Gardasee. 3 Tote die erst einmal so gar nicht zusammenpassen. Wäre da nicht noch ein Zwischenfall and der österreichisch-slowakischen Grenze, die ganz schnell an internationaler Bedeutung gewinnt und bei allen die Erinnerungen an die Organisation wieder erweckt. Es kommt mal wieder zum Showdown am Gardasee. Mittendrin natürlich Luigi Schifferle! Und dann verschwindet auch noch ein Hund und in einer Ferienanlage geht es drunter und drüber.